MINERVA E LO SCIMMIONE

ETTORE ROMAGNOLI

I.

IL PIEDE DI CRETA

La seppia è, come tutti sanno, uno scaltrissimo animaletto. Provocata e inseguita, spruzza dalla sua borsa un liquido nero come l'inchiostro, e intorbida le acque, in guisa da rimanere invisibile e inafferrabile.

La filologia è come la seppia. Essa, in un travaglio oramai secolare, ha accumulato un prodigioso tesoro di parole tecniche, di segni convenzionali, formule, abbreviazioni, sigle, riferimenti, ed anche peculiari stranissimi atteggiamenti di pensiero: tutto un gergo ostico ed incomprensibile ai profani. Provate a toccarla con la punta d'un dito, ed essa schizza intorno a sé nero e nero, senza parsimonia. Nessuno ci capisce più nulla; e appena i filologi si mettono a discutere, i non filologi scappano.

Ora io vorrei provare a chiarire un po' le acque, a ridurre il gergo in linguaggio comprensibile, a rendere accessibili a tutte le persone culte alcuni dei più ardenti dibattiti «filologici» agitati questi ultimi anni in Italia. L'eco ne sarà giunta anche a molti dei così detti profani.

- Un momento - m'interrompe l'amico lettore. - A chi volete che giovi, a questi lumi di luna, tale chiarificazione? Chi volete che s'interessi alla filologia, ai filologi, alle loro diatribe bizantine?

Non sono bizantine come tu pensi, amico lettore. Chi dice filologia, dice, in ultima analisi, cultura tedesca. La filologia è il tipo, il modulo, l'impronta che la mente tedesca ha impresso e va imprimendo su tutti gli studî. Un tempo c'erano la storia, la letteratura, l'eloquenza, la lessigrafia, la stilistica; e ciascuna di tali discipline aveva contenuto e metodo propri. Adesso tutto è filologia, Philologie. Questo cefalopodo (metafora, come sei giusta!), nato e cresciuto in Germania, ha lanciato i suoi viscidi tentacoli sopra ogni provincia di cultura, e tenta di soffocare quanto ciascuna di esse aveva di caratteristico e di nazionale.

Il processo di soffocazione è tuttavia in corso: apro una parentesi e cito un esempio. Nelle Università italiane ci sono tre cattedre: di grammatica greca e latina, di letteratura latina, e di letteratura greca. Ora la Commissione Reale per la riforma universitaria ha proposto pari pari che queste tre cattedre si trasformino in due cattedre uguali di Filologia classica. Capite bene, eh! Anche la letteratura latina, la prima gloriosa pagina della nostra civiltà, deve convertirsi, anodinamente, come nelle università tedesche, in «filologia classica»: anche il nome: latino deve sparire dalle università italiane! E molti universitari italiani hanno approvato ed applaudito. Domani un'altra Commissione reale proporrà anche la conversione della Letteratura italiana in Filologia moderna, alla pari con la Letteratura tedesca; e allora applaudiranno anche i barbassori di Berlino. - La parentesi è chiusa.

La filologia, dicevo dunque, cioè il metodo tedesco, cerca di soffocare dappertutto, e anche e soprattutto in Italia, ogni altro metodo. Proteste si sono levate, e si levano: è di ieri la polemica di Alessandro Bacchiani sul Giornale d'Italia. Ma ad ogni tentativo di protesta, interviene la «competenza scientifica», ed impone silenzio al buon senso. Comincia la diffusione del nero di seppia, e la gente volta le spalle. Vediamo un po' se una volta tanto ci riesce di afferrare il malizioso mollusco. Vediamo se ci riesce di scernere ben chiaro che cosa sia questa benedetta filologia tedesca, e quanto abbia giovato il suo dominio alla scuola italiana, e quanto abbia nociuto, e se convenga lasciarla ancora spadroneggiare e imperversare. Parlerò più specialmente della filologia classica, perché è questa il centro e la matrice in cui s'è formata e da cui s'irradia ogni specie di filologia: e ciò che si dice di essa si può estendere, più o meno, a tutte le sue derivazioni.

*

Che cosa è dunque questa benedetta filologia? - Se rivolgete la domanda, non dico ai profani, ma anche ai più profondi iniziati, otterrete tante risposte diverse quanti saranno gl'interpellati. La filologia è, o sembra a prima giunta, proteiforme. E perciò non ti sgomentare, amico lettore, se, dopo averne sentito parlare come d'un cefalopodo, adesso, ai primi approcci, te la vedi giganteggiare dinanzi come un colosso.

Proprio così. Aprite un catalogo tedesco, di Teubner, di Weidmann, di Reimer. Non c'è autore che non sia pubblicato in edizioni critiche, in edizioni scolastiche, in edizioni scientifiche. Aprite una di queste edizioni. Ecco un solido blocco di varianti, l'apparato critico: segue il testo, in pagine fitte fitte, e, in genere, tipograficamente corrette: copiosi indici chiudono i volumi. Le note formicolano di erudizione. Per tutti i principali autori c'è un lessico speciale. Poi vengono i dizionarî generali delle lingue, poi i dizionarî di cultura, d'arte, di vita, e via dicendo, dove son registrati minutamente tutti i fatti, tutte le notizie dell'antichità classica. Insomma, c'è tutto, c'è più che tutto. E tutto in ordine, schierato, ammassato, pronto a far fuoco. Sicché, dopo un esame anche superficiale, non potrete a meno di esclamare: sí, la filologia tedesca è un colosso di bronzo.

*

È un colosso di bronzo. Ma questo colosso ha un piede di creta. Ed io voglio nel mio primo articolo, anche per cominciare senza troppo tedio, picchiare su questo piede di creta. Apri con me, amico lettore, una delle più grandi creazioni del genio ellenico: l'Agamennone d'Eschilo. Leggilo pure in una qualsiasi versione: io terrò sotto gli occhi una delle edizioni tedesche che vanno per la maggiore: quella del signor Keck.

E leggiamo dalla prima scena.

La scolta notturna che veglia sulla reggia degli Atridi. in Argo, ha visto brillare fra le tenebre il segnale di fuoco, che, acceso da monte a monte, è giunto da Troia ad Argo, ad annunciare la caduta della città di Priamo. La scolta ha avvertito la regina Clitennestra, e questa ha chiamato a sé i vecchi d'Argo (il Coro), ed ha partecipato la notizia. Rimasti

4

soli, i vecchi levano preghiere di ringraziamento, e indugiano nei ricordi del passato, quando la città suona improvvisamente di grida: ed essi fanno i seguenti commenti. Traduco, poi si vedrà perché, verso per verso, parola per parola.

Del fuoco per il lieto messaggio -

attraverso la città muove un veloce -

clamore: se veritiero -

chi sa, se sia un divino inganno?=

Chi è così fanciullesco o dissennato -

(che) del fuoco per gli annunzi -

recenti essendosi infiammato in cuore, poi -

per il mutamento (arrecato dai) dei discorsi s'abbatta?=

Ad indole di femmina s'addice -

prima che appaia il fatto allegrarsi=

Troppo credula l'indole femminile è -

precipitosa; ma sollecita -

muore la buona notizia data da donne.=

Nei codici che ci hanno conservato l'Agamennone, codesti versi appaiono così, uno dopo l'altro, senza distinzione o designazione di personaggi. Ma appare ovvio che nella recita saranno stati distribuiti in quattro gruppi: quelli che ho distinti con le sbarrette doppie. Ora, sapete che cosa ha escogitato il Keck? In uno di quegli accessi d'ipersensibilità estetica assai frequenti nei nipoti di Arminio, ha visto una scena molto più mossa: ha cioè immaginato che ciascuno di quei versi fosse recitato da un attore diverso. Avete ben capito? Uno dei vecchi avrebbe incominciato: Del fuoco per il lieto messaggio....; e il secondo, levandogli la parola di bocca: attraverso la città muove un veloce...; e il terzo, interrompendo il secondo, a vendicare il primo: clamore: se veritiero...; e il quarto: chi sa, o se sia un divino inganno; e il quinto dopo il quarto, e così via sino al dodicesimo. - Uccellin volò volò: come giuoco di società è raccomandabile. - E dopo questa «teoria», il Keck, glorioso e trionfante come un mio pappagallo buon'anima, che, messa a posto una beccata, si gonfiava e pavoneggiava tutto, commenta: «In ogni caso, la simmetria di queste esclamazioni involontarie, scoppiettanti qua e là fra le righe dei coreuti come un fuoco di plotone (ah, prussiano!) è così perfetta, che non solo ne risulta la divisione (fra varî personaggi) di questo brano, ma d'ora in poi non si può neppure dubitare che il numero dei coreuti in questa tragedia era di dodici». - Convincente, eh! - Adesso poi, se un lettore malizioso va a contare i versi, vede che invece sono tredici. Ma il Keck non si arresta dinanzi a così lieve ostacolo. Rimaneggia un po' il testo, aggiunge di suo un emistichio al 2.° verso, un emistichio e un verso intero al 4.°, affida a due dei personaggi due versi per ciascuno, e, fa tornare il conto giusto. Sistema comodissimo, pratico, concludente, che i tedeschi hanno applicato ed applicano in lungo e in largo ai poeti greci, riuscendo in tal modo ad ottenere simmetrie e fondare «teorie» divertentissime.

*

Ma - obietteranno i competenti - questo ed altri non meno sollazzevoli esempî che si possono raccogliere dall'opera del Keck, non concludono molto. Il Keck è senza dubbio uno scientificissimo filologo; e per questo noi lo pigliamo sul serio, ad onta della incontestabile sua grullaggine: ma non è addirittura una sommità. Sceglietene uno di prima fila.

Vi servo subito, illustri competenti. Scelgo un altro nome che riuscirà nuovo ai profani (è l'allegra vendetta del buon senso), ma farà chinar reverenti le fronti degli iniziati: Federico Blass.

Federico Blass è senza dubbio filologo d'erudizione immensa e sicura; e possiede anche una nitidità di pensiero e d'espressione non troppo comune fra i tedeschi. Ma stringi stringi, è tedesco anche lui: e sentite un po' che cosa va ad arzigogolare intorno ad una scena delle Eumenidi di Eschilo. La sacerdotessa del santuario d'Apollo entra un istante nel tempio, e ne esce esterrefatta da una visione orribile. Sentiamo le sue stesse parole (traduco fedelmente):

Ai penetrali ed alle sacre bende

m'accosto: e vedo su la pietra un uomo

supplice, sozzo d'un delitto: sangue

stillano ancor le mani, e il ferro ignudo;

e stringe un ramo di montano ulivo

tutto avvolto di pii candidi bioccoli.

E dinanzi a costui, sovressi i troni,

6

sopito giace un mostruoso stuolo

di femmine: non femmine, anzi Gòrgoni

io le dirò: se ben, neppure a Gòrgoni

le posso assimigliar, quali dipinte

io le vidi a Finèo predar la mensa:

ché senz'ali son queste, e negre, e tutte

lorde: con ammorbanti aliti russano,

e sozze marce giù dai cigli colano.

Dunque Oreste, sgozzata la madre in Argo, è corso a rifugiarsi, inseguito dalle Furie, ai piedi dell'altare d'Apollo; ed ha le mani ancora intrise di sangue.

Penseresti, amico lettore, a chiedere di chi sia quel sangue? - Ma i tedeschi sono coscienziosi, vogliono mettere tutti i puntini su tutti gli «i». Quindi Federico Blass, angustiato dal dubbio scientifico, si propone e cerca di risolvere il grave problema. E, cerca cerca, scavizzola un po' oltre le seguenti parole, che Oreste, abbandonato il santuario di Apollo, pronuncia ai piedi del simulacro di Minerva:

Langue su la mia man, si strugge il sangue.

Del matricidio la recente macchia

lavata è già: col sangue d'un porcello

presso l'ara del Dio fu cancellata.

Che raggio di luce! Oreste ha dunque sacrificato un porcello ad Apollo: il sacrificio fu compiuto prima della scena in cui Oreste ci è apparso tra le Furie, perché al fine di quella scena Oreste fugge, né in séguito torna più nel santuario d'Apollo: conclusione... conclusione: «naturalmente il sangue non è quello della madre, bensì quello del porcello sacrificato ad Apollo». E dice proprio naturalmente: natürlich. Perché è incredibile quante cose che a noi sembrano dell'altro mondo, siano naturali per i filologi tedeschi e per i loro tirapiedi italiani. Scommetto che qualcuno di essi, leggendo queste mie righe, mentre tu, o lettor profano, ridi, starà meditando gravemente se il Blass non possa per avventura aver ragione lui.

Dunque, o profani, avete inteso bene anche questa volta? I poeti greci sono grandi, ma sono anche remoti; e per intenderli occorre l'aiuto dell'ermeneuta. Eccolo, l'ermeneuta. Mentre voi, dinanzi a quella portentosa fantasia tragica, raccapricciate, mirando le mani insanguinate del matricida, l'ermeneuta viene, barbone e occhiali, e vi susurra misterioso all'orecchio: Attento bene, o profano! Quello è sangue di porco!

*

E senza abbandonare Eschilo, veniamo finalmente al più grande dei moderni ellenisti, al pontefice massimo, al gran lama, al kaiser della filologia moderna: Ulrich von Wilamowitz-Moellendorff. Questo nome, sí, fa tremare le vene e i polsi a tutti i filologi autentici, serî, veramente scientifici. Per avere denunciate alcune sue gustosissime amenità pindariche, io mi sono attirato l'odio teologico di quasi tutti i filologi italiani. Ma questo non interessa il lettore. Il Wilamowitz è poi anche abbastanza noto al gran pubblico, perché durante la guerra è più volte uscito dal suo guscio filologico, per fare clamorose ed esilaranti dimostrazioni patriotiche. Un giorno, in una seduta magna dell'accademia di Berlino, dopo che altri luminari ebbero schiccherato parecchi discorsi imperialisti e mangiacristiani, come usavano allora, si levò solenne, nella candida maestà della barba fluente. Religioso silenzio. E mentre tutti attendevano dio sa quali fiumi di eloquenza demostenica, intonò con voce gagliarda il Deutschland über alles. Sarebbe come se, a una tornata solenne dei Lincei, Pasquale Villari, putacaso, si alzasse a cantare: Si scuopron le tombe, si levano i morti. - Un'altra volta interruppe la lezione, e dopo un discorsetto di circostanza, rivolto alle studentesse: È guerra - disse - le studentesse alla calza! - L'ultima fu il permesso solennemente accordato alla patria tedesca di rappresentare sulle scene alemanne i drammi di Shakespeare. Eravamo ai grassi giorni della neutralità, e codeste bertoldaggini erano riferite nei giornali italiani dai corrispondenti germanofili con accenti di commossa ammirazione.

Il Wilamowitz, dunque, ha pubblicato, pochi mesi fa, un grosso volume di interpretazioni eschilee; e nella prefazione scrive queste sacrosante parole: «L'interprete d'un'opera d'arte deve fare ben più che spiegare parole e proposizioni: egli deve sentire simpaticamente col poeta, deve sentire l'opera e il poeta come qualche cosa di vivo, ed insegnare agli altri a sentire». - Benissimo! Proprio quello che io vado ripetendo da oltre un decennio ai wilamowitziani d'Italia, i quali rimarranno adesso un po' male, sentendo queste parole pronunciate dal loro idolo.

Benissimo! Ma come sente poi il Wilamowitz? Come insegna a sentire? - Del suo volume mi occupo altrove, lungamente. Qui, a conclusione di questo già lungo articolo, citerò un paio di esempî.

Apriamo, anche una volta, l'Agamennone. Quando il re d'Argo, reduce vittorioso da Troia, si presenta sul carro dinanzi alla reggia. Clitennestra, che medita già in cuor suo di ucciderlo, lo saluta con un lungo discorso tutto miele, infinte lusinghe, velati sarcasmi. E conclude:

8

Ed or che il male

sofferto è già, con cuor lieto, quest'uomo

dirò cane fedel della sua casa,

gómena che salvezza è della nave,

saldo pilastro dell'eccelso tetto,

figliuolo unico al padre, terra apparsa

ai naviganti contro ogni speranza,

giorno fulgente dopo il turbine, acqua

di vena al peregrino arso di sete!

Questo è il saluto ond'io t'onoro.

Sapete che cosa ha inventato il Wilamowitz? Nei Canti popolari Toscani ha letto i seguenti versi:

L'è rivenuto il fior di primavera,

l'è ritornata la verdura al prato:

l'è ritornato chi prima non c'era,

è ritornato il mio 'nnamorato:

l'è ritornata la pianta col frutto,

quando c'è il vostro cuore, il mio c'è tutto:

l'è ritornato il frutto con la pianta;

quando c'è il vostro cuore, il mio non manca:

l'è ritornato il frutto con la rosa;

quando c'è il vostro cuore, il mio riposa.

Questo canto e le parole di Clitennestra sembrano al Wilamowitz una sola cosa; onde egli induce dalla somiglianza non so qual profondo misterioso rapporto; e scrive, senza paura: «Io credo fermamente che i carmi convivali o i canti popolari greci offrissero qualche cosa di simile. Questo non si può riuscire a provarlo; ma questo rispetto amoroso ci fa vedere a quale sfera il poeta abbia attinto i colori per la finzione ipocrita (di Clitennestra)», etc, etc..

Per capire bene l'amenità di questa osservazione, bisogna rileggere l'intera scena e l'intero discorso di Clitennestra, e vedere come tutto quel che precede prepara l'animo in modo che queste ultime lusinghe della femma feroce suonano nell'anima del lettore come un sarcasmo d'altezza tragica infinita. Allora viene l'ermeneuta, e vi susurra all'orecchio che dovete pensare ad uno stornello paesano.... Con che cuore, con che cuore! - E poi notate: «a quale sfera il poeta abbia attinto i colori!» Come se Eschilo, la fantasia più vulcanica che il mondo abbia mai avuto, andasse a racimolare qua e là bricciche per comporre le sue tragedie. Avrebbe potuto almeno ricordare, il kaiser dei filologi, che nelle Rane d'Aristofane appunto Eschilo rimprovera al suo rivale Euripide un simile sistema di composizione poetica!

E quasi più interessante è la interpretazione o visione wilamowitziana della scena di Cassandra.

Come tutti rammentano, la fanciulla profetica rimane muta ed immobile durante tutta la scena dell'arrivo. Esce poi Agamennone, esce Clitennestra, i coreuti intonano il loro tristissimo canto, né essa dà segno di vita. Sembra, secondo la icastica espressione del coro, una belva or ora presa. Riappare Clitennestra, la invita a più riprese ad entrare nella reggia, i coreuti la esortano, ma non ottengono risposta. La regina rientra, i coreuti rivolgono alla fanciulla un'ultima affettuosa esortazione. Né essa risponde; bensì, d'un tratto, rompe in un inatteso grido straziante, che fa tuttora correre un immenso brivido tra le file degli spettatori.

Il Wilamowitz, come ho detto, offre di questa scena una interpretazione sua: e per apprezzare questa interpretazione, bisogna che rileggiamo insieme tutta la scena. Riferisco la mia versione.

CLITENNESTRA

Esce dalla reggia, e si rivolge a Cassandra.

Entra tu pure. - Dico a te, Cassandra.

Poi che benignamente volle Giove

che i sacrifici tu partecipassi

fra i molti servi, stando presso all'ara

del Dio custode della casa. Scendi

dal cocchio, scaccia il tuo soverchio orgoglio.

Anche il figlio d'Alcmena, un tempo, dicono,

fu venduto, e dove' piegarsi a forza

a servil giogo. Allor che su noi piomba

di tal sorte la forza, è assai fortuna

trovar padroni d'opulenza antica:

ché quanti ricca messe hanno ricolta

oltre ogni loro speme, in tutto crudi

sono coi servi, oltremisura. Tu

quanto conviene troverai fra noi.

A

a Cassandra che rimane muta.

Chiare parole t'ha dirette. Or tu

obbedisci, poiché sei nelle reti

fatali. Ma obbedir forse non vuoi!

CLITENNESTRA

Se pur la lingua sua barbara, ignota

non è, simile a quella delle rondini,

parlando il cuore suo convincerò.

A

Seguila: il meglio che poteasi in questa

sorte ella disse. Lascia il carro, cedi!

11

CLITENNESTRA

Non ho tempo da perdere dinanzi

a questa porta. Stanno già le vittime

sull'ara, in mezzo della casa, e attendono

il macello ed il fuoco. - Oh chi sperava

mai questa grazia! - Or tu, se ciò che dissi

vuoi far, non indugiare: e se t'è dura

nostra favella, e dir non sai parola,

con un barbaro cenno almeno esprimiti.

A

D'un efficace interprete bisogno

ha la straniera, sembra. I modi suoi

sono come di belva or ora presa.

CLITENNESTRA

D'insania è colta, e i mal pensieri ascolta.

È giunta qui, lasciata la città

arsa or ora, né sa patir le redini,

se pria non spuma la sanguigna bava.

Ma non oltre m'abbasso a favellarle.

Entra nella Reggia.

A

Non io m'adirerò. Pietà mi stringe.

Lascia quel cocchio, sventurata, cedi

al tuo destino, al nuovo giogo piègati.

CASSANDRA

prorompendo improvvisa

Ahimè, terra! Ahimè, terra!
Apollo! Apollo!

A

Perché d'ahimè saluti il nume ambiguo?

Non si addice a quel dio funebre nenia!

CASSANDRA.

Ahimè, terra! Ahimè, terra!
Apollo! Apollo!

B

Con grida infauste ancor saluta il Nume

cui non s'addice assistere a lamenti.

CASSANDRA

Apollo, Apollo!

Mio duce e mio sterminio!

Mi perdi, e non a mezzo, anche una volta!

C

Sue sciagure predir sembra: fra i lacci

di servitù, vive il fatidico estro.

CASSANDRA

Apollo, Apollo!

Mio duce e mio sterminio!

Dove condotta m'hai? Verso qual tetto?

D

Al tetto degli Atridi: io te lo dico,

se non lo sai: né troverai ch'io menta.

CASSANDRA

A tetto inviso ai Numi, di consanguinee stragi

conscio, di lacci fatali, a macello

d'uomini, a suolo gocciante di sangue.

B

Come can la straniera ha nari acute,

e fiuta, per trovare odor di strage.

CASSANDRA

Ecco, ecco i testimonî che fede a me ne fanno

questi fanciulli piangenti sgozzati:

maciulla il padre le carni combuste!

A

Sapevamo per fama il tuo profetico

estro; ma niun profeta andiam cercando.

CASSANDRA

Ahimè, ahimè! Che mai

disegni? Quale immane

novello immane lutto

disegni in questa casa? Insopportabile

pei tuoi, senza rimedio!

E lontana rimane ogni difesa!

A

Questi ultimi presagi io non intendo;

intendo il resto: tutta Argo lo grida.

CASSANDRA

Ah, scellerata! Questo

farai! Lo sposo tuo,

il compagno del letto,

mentre nel bagno tu lo immergi.... Come

dirò la fine? E presto

sarà! Mano su mano avventan colpi!

A

Non anche intendo; ché irretito io sono

fra vaticinî cui l'enigma accieca.

CASSANDRA

Ahi, terrore, ahi, terrore! Che visione è questa?

Forse d'Averno è un laccio?

La compagna del talamo è la rete,

la complice! Discordia, insaziabile

contro questa progenie, innalzi un ululo:

ché pietre, poi, vendicheran lo scempio!

A

Quale tu invochi Erinni che si levi

su questa casa? Il tuo dir non m'allieta!

E refluisce al cuore la crocea stilla, come

a chi trafitto cade di lancia, e quivi ha termine

con i postremi raggi

della naufraga vita. E vien rapida morte.

CASSANDRA

Ahimè, ahi! Vedi, vedi! Tieni, tieni lontana

dal toro la giovenca!

L'afferra al peplo con le negre corna,

a tradimento lo colpisce: piomba

nel bagno molle.... - Di feral lavacro

insidïoso a te la storia narro.

A

D'essere acuto intenditor d'oracoli

vanto io non meno; e pur, somiglia questo

a presagio di male. Quale fausta parola

mai dissero i responsi? Ma ben con le sciagure

gli ambigui vaticinî

al cuor dell'uomo insegnano profetico terrore.

CASSANDRA

Ahi, me infelice! Al suo dolore mischio

17

il mio dolore! Oh povera mia sorte!

Perché, perché m'hai qui condotta, misera?

Perché con lui m'avessi una la morte?

A

Tu deliri. T'invasa furor divino: e intoni

su te díssono canto,

come il fulvo usignuolo

non mai sazio di pianto,

che, chiuso nel suo duolo,

Iti Iti per tutta la sua vita

piange, di mali innumeri fiorita.

CASSANDRA

Oh! la sorte del garrulo usignuolo! Le membra un Nume a lui cinse di penne; dolce vita gli die', scevra di lagrime. Me attende, a farmi a brani, una bipenne.

Ora, questa figura di vergine fatidica, voi profani la immaginate immota, sorda, perfettamente distaccata da tutto quanto la circonda, seguendo, con gli occhi sbarrati nel vuoto, l'intima visione dell'imminente scempio d'Agamennone: e quando l'orrore è giunto ad un culmine insostenibile, prorompe in quel grido straziante.

Nossignore, voi sentite e vedete male. Il Wilamowitz, il quale sa che al mondo non c'è effetto senza causa, dice che la fanciulla è indotta alla repentina esclamazione dalla circostanza che l'occhio le cade sopra l'idolo di Apollo, suo innamorato e causa prima delle sue sciagure; idolo di Apollo, il quale era poi un cono di pietra, il quale in origine era un paracarri, e si poneva innanzi ad ogni casa, come ci hanno insegnato i nuovi frammenti di Menandro. Visto il paracarri, allora no, Cassandra non sa più stare alle mosse, e leva il suo grido d'orrore!

È proprio tempo di concludere. Codesti volumi, codesti commenti «filologici» son tutti ugualmente ameni, da cima a fondo? - Ah, no davvero! Se così fosse, sarebbero altrettanti capolavori d'umorismo, e i loro autori meriterebbero una nicchia accanto ai grandi benefattori dell'umanità. Più spesso le loro «teorie» (i filologi tedeschi battezzano così ogni più ovvia loro idea, ogni più grama ipotesi) sono d'una monotonia tetra e asfissiante. Ma tutte, tetre o amene, si dimostrano, quasi sempre, prodotti dei seguenti fattori:

1) Uno spirito d'analisi minuto, microscopico, ma miope e freddo: uno spirito da revisore di conti, da curatore di fallimenti.

2) La trascuranza o l'inscienza degli elementi irrazionali che entrano nella tempera d'ogni opera d'arte.

3) La mancanza assoluta di sensibilità estetica.

4) Lo struggimento di elevarsi, nondimeno, ad una valutazione estetica: e le conseguenti amenità.

Le qualità medesime e i medesimi difetti si riscontrano in quasi tutte le opere della moderna e modernissima filologia tedesca - la filologia del kaiser, ben differente da quella che l'ha preceduta, che diede frutti insigni, e di cui mi occuperò nei prossimi articoli.

E la conclusione? - È ovvia, mi sembra. La filologia tedesca presenta la medesima preparazione metodica meticolosa e formidabile dell'esercito tedesco. Ma tale preparazione non conduce alla valutazione estetica, cioè alla intelligenza delle opere d'arte.

E se tale intelligenza è, come deve essere, lo scopo supremo d'ogni studio, la filologia del kaiser fallisce - come gli eserciti del kaiser - ai suoi scopi supremi.

Ecco il suo piede di creta.

II.

IL CORVO

CON LE PENNE DEL PAVONE

C'era una volta un corvo che saltabeccava beato e tranquillo nel bugigattolo d'un ciabattino. Un bel giorno trovò le spoglie d'un pavone; e invaghitosi di quelle penne versicolori, tanto più appariscenti del suo piumaggio nero, se le mise indosso, e così camuffato, andò tra gli altri pavoni, nei giardini del re....

No, via, non divaghiamo: ripigliamo il filo. Nell'articolo scorso asserivo che, se chiedete agli iniziati in che cosa propriamente consista questa benedetta filologia, probabilmente otterrete tante risposte diverse quanti sono gl'interpellati.

E non c'è da farne meraviglia. Per ragioni che si chiariranno in questo articolo, i filologi si sforzano ad affermare e dimostrare che la filologia è tutt'altra cosa da ciò che essa è in effetto. E quest'altra cosa, naturalmente, ciascuno la vagheggia, la immagina, la definisce, secondo il proprio desiderio, la propria fantasia, il proprio ingegno. È troppo ovvio che ne derivi una babele. E ingenuità somma sarebbe quindi rivolgersi, per risolvere la questione, ad essi i filologi. Cercare la verità attraverso un dedalo d'errori, non è facile, non è piacevole, non è pratico: onde noi cercheremo di raggiungerla battendo una via maestra. Ora, qui, come in tutte le quistioni intricate, nulla giova tanto ad illuminare quanto il rifarsi dal principio. Sia dunque longanime l'amico lettore, ed abbia la pazienza di seguirmi in una rapidissima corsa, dalle origini, alla decadenza, mascherata da apoteosi, della filologia classica.

*

La filologia classica sorge, come tante altre cose belle, in Italia. Senza parlare dei precursori, tra i quali, per altro, è Dante Alighieri, e i manualetti tedeschi non se ne accorgono, incomincia con Francesco Petrarca, salutato anche dai manualetti tedeschi, resuscitatore dell'antichità classica; e in breve giro d'anni vanta, per ricordare i sommi, il Boccaccio, Coluccio Salutati, Niccolò dei Niccoli, Leonardo Bruni, Giovanni Aurispa, il Guarino, Vittorino da Feltre, Poggio Bracciolini, Flavio Biondo, Ciriaco d'Ancona, il Filelfo, il Valla, Marsilio Ficino, Angelo Poliziano (muore il 1494), e, grandissimo epigono, Pietro Vettori (muore il 1585).

Francamente, è un pantheon davanti a cui impallidisce anche la kaiseriana superaccademia di Berlino. Si conceda pure ai manualetti e ai manualoni tedeschi che tutti questi umanisti - i quali però scrivevano il latino in guisa da rivaleggiare con Cicerone e con Orazio, mentre parecchi accademici di Berlino lo scrivono come sguatteri - non intendessero affatto il «contenuto» degli scrittori di Roma: si conceda che non intendessero né lo spirito né la forma dei poeti greci, sebbene vorrei vedere quanti dei filologi «scientifici» sarebbero capaci di scrivere versi greci come quelli di

Angelo Poliziano, con quell'onda musicale, con quella nitidezza cristallina, con quella intensità di colore: si deplori col Voigt che questi umanisti fossero pieni d'orgoglio, a cominciare dal Petrarca, il quale, del resto, ne avrebbe avuto miglior diritto di qualche filologo tarpano: ai ammetta, si riconosca tutto questo e quante altre cose vogliono i moderni scienziati; ma rimane indiscutibile il fatto che essi, gli umanisti, svelarono al mondo moderno imbarbarito la radiosa civiltà degli antichi. Con un ardore che divampa tuttora dalle loro pagine tante volte secolari, con abnegazione e tenacia indomabili, a prezzo di stenti, di patimenti, di rischi, questi uomini meravigliosi, che accoppiavano l'ardimento dell'avventuriero alla pazienza del monacello amanuense, corsero il mondo a cercare in fondo ai conventi e tra le insidie di contrade barbare i preziosi manoscritti depositari dell'antica civiltà, li trascrissero, li pubblicarono, li lessero e commentarono alle genti attonite; fecero rivivere nell'uso, con tutto l'antico splendore, la fulgida lingua di Roma; tradussero da quel greco che «non conoscevano», e tradussero molto, e tradussero bene. E per merito loro il nome latino e il nome italiano suonarono, anche una volta, alti, gloriosi, per tutto il mondo civile.

E accanto all'opera loro si svolge, non meno ardente e proficua, quella dei «librai». Diamo un'occhiata, così alto alto, alle prime edizioni di classici. Dal 1465, anno iniziale, sino ai primissimi del '500, per una edizione dei Paradossi di Cicerone, apparsa a Magonza, per un Manilio di Norimberga, per un Terenzio e un Valerio Massimo di Strasburgo - e basta - abbiamo 16 classici stampati a Roma; 32 a Venezia (conto per uno gli Oratori attici); 6 a Firenze; 3 a Milano; ed altri a Subiaco, Bologna, Brescia, Napoli, Vicenza, Ferrara. E sia pure che molte di queste edizioni fossero provvisorie e da emendare con la collazione di nuovi codici; sia pure che qualche umanista, abusando della sua favolosa facilità nel latino, correggesse un po' troppo liberamente i testi; ma anche qui sussiste ineliminabile il fatto che, mentre tutto il mondo, Germania compresa, stava a guardare, gli umanisti italiani scopersero e pubblicarono tutti i principali classici greci e latini; li pubblicarono in edizioni in genere corrette, e, quando possedevano il materiale occorrente, meravigliose: tanto che, se confrontate qualche edizione aldina con qualche novissima edizione di Lipsia, passata per la trafila di cento collazioni, avete l'edificante sorpresa di trovarvi dinanzi al testo medesimo; li tradussero, e le loro traduzioni spesso rimasero base fondamentale di tutte le traduzioni future: li commentarono: in una parola, scopersero e diedero al mondo moderno quasi tutto il materiale per la conoscenza e per lo studio del mondo antico. Gli altri avranno fatto meglio di loro: ma tutti dopo di loro. Cose note, arcinote; ma non è male precisarle e ricordarle.

*

Scoperta la terra, disegnata la configurazione generale, ecco avvicinarsi gli altri popoli, la cui attività comincia appunto quando quella italiana, raggiunta la più ardua mèta, incomincia a declinare. Enrico Stefano ed Erasmo di Rotterdam, corifei dei due grandi periodi filologici francese ed olandese, nascono rispettivamente il 1460, il 1466: il principio della loro attività cade quindi fra il il 1480 e il 1490. Angiolo Poliziano, aquila ed usignuolo dell'umanesimo, moriva nel 1494. Gl'Inglesi vengono assai dopo; il

21

Bentley, il loro corifeo, nasce il 1662. I tedeschi, qui come in tante altre cose, arrivano ultimi. L'Agricola, il Reuchlin, lo Schwarzert, non possono davvero passare per precursori: e solamente col Winckelmann (nasce il 1717) incomincia in Germania un vero risorgimento umanistico.

Il periodo francese è veramente gloriosissimo. Esso vanta, per non ricordare che i nomi più famosi, tutta la dinastia degli Stefani, il Turnèbe, che Montaigne chiamò il più gran letterato da mille anni ai suoi giorni, il Mureto, sovrano d'ogni eleganza, Giuseppe Giusto Scaligero, l'«aquila fra le nubi», il Casaubon, l'uomo più dotto dei suoi tempi. Questi filologi, e i minori, ripubblicarono o pubblicarono i testi greci e latini con diligenza, con disciplina, con un materiale di studio che gli umanisti non possedevano ancora. La loro potenza di lavoro era formidabile, favolosa. Il solo Enrico Stefano (il minore), pubblicò 74 autori greci e 58 latini, fra cui diciotto edizioni principi. E questa non è se non la parte minore, il fregio della sua opera: il suo capolavoro immortale è il Tesoro della lingua greca (1572), che in cinque volumi in folio racchiude tutta la grecità. È, sino ad oggi, l'unico gran dizionario greco: è opera di dottrina e genialità infinite: da esso derivano, piccoli rigagnoli, tutti gli altri vocabolarî, compresi il Passow ed il Pape, tedeschi, famosi, e mediocri. - Prima di lui, Roberto Stefano aveva pubblicato il Tesoro della lingua latina (1531), che rimase anch'esso unico sino al lessico del Forcellini, italiano, che anche ora giganteggia su tutti gli altri. Cinque accademie tedesche hanno adesso radunati gli sforzi per compilare un nuovo vocabolario. Ma chi sa quando sarà finito, e chi sa come sarà finito. Per il poco che ne possediamo, si presenta, al pari di tante modernissime operone tedesche, come un mare magno. E non è detto che non vi si possano pescare anche granchi.

Per tornare alla filologia francese, accanto a questi due monumenti degli Stefani, bisogna collocare i Glossarî della media ed infima latinità e grecità del Du-Cange (1678-1688), la sua edizione degli storici bizantini, e la Paleografia e la Biblioteca dei manoscritti di Bernardo di Montfaucon.

Colgo i punti culminanti; e quanto al periodo olandese, che corre quasi parallelo al francese, mi limiterò a ricordare il Lipsio, il Meurs, il Grozio, il Gronovio, la cui opera amplia ed integra in certo modo quella dei filologi francesi.

Ora, in questo periodo che diremo, per intenderci, franco-olandese, si precisano meglio il cómpito e gli scopi della filologia, rimasti nel periodo umanistico un po' indeterminati e confusi. Gli umanisti italiani, nel loro sconfinato entusiasmo, avevano voluto quasi cancellare il torbido periodo dell'età di mezzo, riallacciare a Roma e ad Atene il pensiero e l'arte contemporanea, far rivivere il passato. Sbollita la prima ebbrezza, si vide quanto fosse chimerica tale aspirazione. Rievocare il pensiero e l'arte antica, assimilarli, cercare in quel primo radioso periodo della nostra civiltà fulcri ed impulsi per i futuri progressi, andava bene; ma vuotare la vita attuale del suo contenuto per iniettarvi quello di un'altra epoca, non era possibile e sarebbe stato male. Gli umanisti francesi ed olandesi, più o meno compiutamente, restrinsero e definirono con gran chiarezza l'essenza e il cómpito della filologia classica. Pubblicare gli scrittori antichi nella forma presumibilmente più vicina alla forma originale; e per giungere a questo risultato, radunare tutti i codici conservati di ciascun autore, correggerli ed integrarli col paziente confronto. E intorno a questi autori, raccogliere quante notizie antiche servissero ad illustrarli.

Tale il programma. Programma non clamorosamente bandito, bensì strenuamente, pazientemente attuato. Allora non c'erano tante «teorie», tanti contrasti di metodi, tante imposizioni. E non ce n'era bisogno. L'opera era molto ardua nella pratica; ma quanto ai criteri generali, per menti lucide come quelle, non potevano sorger dubbî. Nessuno di quei gagliardi si dev'essere proposta mai la domanda che sembra angosciar tanto le menti tedesche: che cos'è la filologia. Badarono ad operare, ed operarono a bono, E se anche tutto il lavoro filologico compiuto dopo di loro andasse perduto, potremmo ancora, senza troppo disagio, leggere tutti i classici greci e latini. Furono lavoratori ciclopici.

Lavoratori solamente? - Certo l'aureola che cinge i nostri umanisti non circonda le loro fronti. Altro è scoprire una terra, altro è metterla in valore. Il giudizio del mondo che, a lungo andare, tribuisce a ciascuno il suo, colloca questi dotti in una sfera un po' meno luminosa di quella in cui brillano il Filelfo, Marsilio Ficino, Angiolo Poliziano; ma suonano tuttavia immortali i nomi degli Stefani, del Mureto, del Grozio, del Du-Cange.

*

Un passo innanzi si deve al Bentley, con cui comincia dunque la filologia inglese. Il Bentley è una di quelle menti inglesi d'acume indefettibile, che fissano, senza offuscarsi un momento, i problemi più abbacinanti. Qualche filologo alla tedesca volentieri trova da apporre al suo gusto; ma insomma egli guardò veramente con occhio nuovo tutto l'immenso materiale della dottrina classica, e vide quasi dappertutto fatti e fenomeni sfuggiti ai più acuti indagatori. A lui si deve la scoperta del digamma in Omero, dalla quale rampollarono tante verità in parecchi ordini di studî; egli intuí il vero studio scientifico della metrica; e molte delle vie che batté poi con tanto clamore la filologia tedesca, furono, in realtà, dischiuse da questo grande Inglese. Ma né di lui né di altri pure insigni, che mossero sulle sue orme, posso parlare più a lungo: non voglio però tacere che in questo milluogo di studio sorge anche Giorgio Grote, che, vissuto sempre nel mondo bancario, scrisse una storia della Grecia che rimane, per chiunque non sia acciecato da pregiudizi filologici, mirabile e insuperata.

*

Ed eccoci infine alla Germania, cioè al punto capitale della nostra discussione. E qui abbia un po' di pazienza il lettore, e freni per un momento qualche obiezione che potesse affacciarglisi. Per chiarezza d'esposizione, devo enunciare fatti fondamentali, senza tener conto, volta per volta, di minori fatti concomitanti, che sembrerebbero talora smentirli. Ad uno ad uno riesaminerò poi questi fatti: ora debbo cogliere i punti essenziali. La matassa è arruffatissima; e se non sbrogliassimo i capi uno per uno, non arriveremmo in fondo.

23

Iniziatori della rinascenza classica in Germania furono non già eruditi, bensì l'araldo dell'arte greca, Winckelmann, lo scienziato poeta, Humboldt, e grandi scrittori e poeti: Lessing, Herder, Klopstock, Goethe, Schiller. Il battesimo fu meraviglioso, e se ne vide il buon frutto; ma questo è uno dei punti cui dovremo troncare.

Dunque, il periodo filologico tedesco comincia tardi. Ma è doveroso soggiungere che è però d'una fecondità straordinaria: se oggi contate l'esercito dei filologi tedeschi, esso stritola senz'altro gli eserciti riuniti di tutto il resto del mondo. Che se poi domandate ad un filologo benpensante quali siano i tratti caratteristici del movimento filologico tedesco, egli vi risponderà senza dubbio:

1) Una metodologia più raffinata, sicché solo coi tedeschi la filologia diviene veramente scienza.

2) Un approfondimento delle discipline filologiche.

3) Un ampliamento delle sullodate discipline.

4) L'organizzazione del lavoro scientifico.

Questa organizzazione è, in fondo, la parte fondamentale, che diventa poi fabbrica di esportazione, mezzo d'espansione, strumento di conquista: merita d'essere discussa a parte. Per ora, occupiamoci degli altri tre punti, e vediamo che liquore si nasconda, in realtà, dietro i seducenti cartellini.

1) Metodologia scientifica. - Nessuno ignora che i tedeschi hanno la mania di fabbricar teorie. Metteteli al punto, e vi scrivono un volume di mille pagine sulla «teoria» d'infilarsi la giubba. Così fecero per la filologia, - Nel confrontare diversi codici per derivarne la lezione presumibilmente più vicina al testo originario, nell'emendare secondo la grammatica e le norme stilistiche l'archetipo così derivato, e in simili altre bisogne filologiche, conviene certo seguire certe regole. E il buon senso le detta, e i grandi filologi in genere le avevano seguite senza sciorinarle, senza organizzarle né farne pompa, I tedeschi formularono, riunirono, codificarono, articoli, commi, sottocommi. Ricordo un professore di storia che all'Università ci intrattenne per un anno intero sulla metodologia, insegnandoci che conveniva citare sempre l'ultima edizione scientifica, e quando si riferiva un brano d'un altro scrittore, avvertire che non era nostro, e chiuderlo fra virgolette, e citare la pagina precisa, e mettere un sic fra parentesi se l'opinione non ci persuadeva, e via di questo passo.

Dunque, metodologia, asfissía. Ma in conclusione, ciascuno lavora secondo il proprio genio. Se i tedeschi per filar diritto hanno bisogno di tutti questi «freni teorici», adoperino pure questi freni teorici. L'essenziale è che non deviino, che il risultato sia buono.

E a dire il vero, per il lavoro filologico, secondo il concetto determinatosi nel periodo francese - raccogliere, dunque, e ordinare, - i tedeschi possedevano qualità di prim'ordine: pazienza, resistenza, tenacia. A nessuno passerà per la mente di scemar valore ad opere insigni come, per es., il Corpus delle iscrizioni greche del Boeck, la raccolta dei frammenti dei comici del Meineke, la edizione plautina dei Ritschl, l'Aglaophamus del Lobeck - semplice raccolta di materiale anche questa, checché possa sembrare ai filologi impenitenti.

2) Approfondimento. - Qui cominciano le dolenti note: in questo approfondimento ebbero ampio campo da esplicarsi alcune delle meno buone qualità del tedesco.

I tedeschi hanno mente disordinata. Regolare un complesso d'idee secondo una linea logica, precisa, sobria, come fanno senza sforzo un italiano, un francese, un inglese, non sanno: quasi ogni loro scritto, anche dei grandi, è perpetua prova di tale affermazione. Il meticoloso ordine di tutti gli oggetti materiali che meraviglia, seduce, ammalia tanti allocchi migrati in Germania, non è se non una difesa, un argine contro questa incoercibile tendenza delle loro idee a scompigliarsi, a sparpagliarsi.

I tedeschi hanno mente poco lucida. Nel diaframma della loro intelligenza le cose si riflettono senza nitidità di contorno, circondate di nebbia, coi lembi sfumati e reciprocamente confusi. Così vedono da per tutto oscurità, e quindi punti da chiarire, cioè problemi da risolvere, dove non c'è niente da chiarire né da risolvere. In tempi non sospetti, Giacomo Leopardi, la cui mente ebbe sempre lucidità empirea, aveva già fatto questa osservazione:

Che non provan sistemi e congetture

E teorie dell'alemanna gente?

Per lor, non tanto nelle cose oscure

L'un di tutto sappiam, l'altro nïente,

Ma nelle chiare ancor dubbî e paure

E caligin si crea perpetuamente.

I tedeschi, per solito, stanno terra terra, salciccia, pipa, e gotto di birra. Ma se, dio ci scampi e liberi, spiccano il volo, eccoli d'un balzo tra la più fitta nuvolaglia metafisica. Nel cielo azzurro e limpido, nessuno ha mai visto un tedesco, se non brevi istanti, e quando s'era perfettamente infrancesato, come Heine, o grecizzato, latinizzato, italianizzato, come Goethe: e nemmeno bastava.

Tutte queste qualità negative trovarono dunque fertilissimo terreno nell'«approfondimento» della filologia. E seguendo, secondo il genio della propria stirpe, le vie dischiuse dal Bentley, produssero, con fecondità da conigli, centinaia, migliaia, miriadi di scritti, in cui si approfondiva, cioè si costruivano castelli in aria i più goffi, i più grotteschi, i più sbilenchi. Bisogna, come ho dovuto far io, aver letto a migliaia codesti opuscoli, e vedere che cosa sono stati capaci di arzigogolare filologi, anche di nome insigne, su miseri frammenti di poeti, su innocenti figurazioni di vasi greci, per provare dinanzi a questo approfondimento tutti i sintomi del mal di mare. Il frutto, non più sollazzevole, ma certo più cospicuo dell'approfondimento, è la questione omerica. Milioni di pagine, tra cui ne n'è da disgradare le amenità di Pulcinella. Oggi i filologi per primi riconoscono che tutta la questione era sbagliata, che tutte quelle pagine non hanno veruna ragione di esistere, che chi ha impiegato mesi e mesi per studiare tutte le teorie del Wolf, del Lachmann, del Hermann, si trova ora con un pugno di mosche in mano - sono parole, sacrosante, di Giuseppe Fraccaroli. Ma io ricorderò sempre un antico mio compagno d'università, preconizzato luminare degli studî ellenici, perché «conosceva a fondo la quistione omerica». Omero, poi, non l'aveva letto, e se l'avesse letto non l'avrebbe capito.

*

3) Ampliamento delle discipline filologiche. - Questo «ampliamento» risale a Federico Augusto Wolf. Il quale di punto in bianco, identificò la filologia, o meglio la battezzò: Scienza dell'antichità; e le subordinò ventiquattro, dico ventiquattro, discipline, che viceversa, poi, sono di più, perché molte si potrebbero sdoppiare. Ve ne risparmio per ora l'enumerazione, che c'è da fare una questione pregiudiziale. Che bisogno c'era di questo ampliamento?

Non ce n'era proprio nessuno. Il contenuto e gli scopi della filologia s'erano venuti precisando e determinando nei periodi francese, olandese e inglese: non c'era che da seguire la via tracciata.

E dunque, che cosa pote' indurre il Wolf a questo prodigioso ampliamento? Il bisogno, innato in ogni alemanno, di cercar mezzogiorno alle due pomeridiane? La mania d'annessione, nella quale parecchi vogliono oggi riconoscere la qualità fondamentale del carattere tedesco? Forse. O forse un altro movente, non dirò nobilissimo, ma certo umano: e i filologi non sempre si librano al disopra delle umane miserie.

Ecco. Dopo il momento umanistico, dopo i periodi francese, olandese, inglese, cominciando ad esaurirsi il materiale di studio, sfiorendone di giorno in giorno la freschezza, veniva sempre più in luce un carattere della filologia, che nei primi entusiasmi era come sparito: il suo carattere di mezzo e non di fine, di transitorietà e non d'immanenza. La filologia si mostrava quale essa è veramente, non una scienza a sé, bensì un metodo di lavoro. Ma così sparivano gli ultimi raggi dell'aureola che aveva già circondata la fronte dei nostri umanisti: così la maestà del filologo discendeva ancora d'un grado.

Ed ecco il colpo di stato di Augusto Wolf, e la conseguente annessione delle ventiquattro provincie. La filologia semplice mezzo, metodo, disciplina scientifica? La filologia è la scienza delle scienze: essa le abbraccia tutte, come l'imperatore di Germania abbraccia o abbraccerà tutte le nazioni del mondo: dalla filologia, come dal kaiser, raggerà la luce su tutte le genti.

26

Le conseguenze del colpo di stato furono molteplici e varie, e in questo articolo è proprio impossibile discuterle. Ma fin d'ora accennerò a quella strettamente connessa con la nostra domanda iniziale: alla babelica discordia nelle ulteriori definizioni della filologia.

I filologi alemanni, dunque, si trovarono di punto in bianco dinanzi a questo mostro, a questo ircocervo, che era uno ed era ventiquattro; e non vi so dire se, con la disposizione sortita da madre natura per le lucubrazioni apocalittiche, si sbizzarrirono a studiarlo, a sviscerarlo, a definirlo. E ognuno enunciava la sua teoria. Un dilettante di teratologia può con molto frutto andarle a scovare. Io non le infliggerò al lettore, che, del resto, può vederne discusse alcune in un bell'articolo di Raffaele Onorato (Nuova Antologia, 16 maggio 1912). Ma non voglio defraudarlo di quella dell'Urlichs, che apre il famoso Manuale della scienza dell'antichità classica di Iwan von Müller, una lunga serie di volumoni che comprendono l'alfa e l'omega di tutta l'odierna scienza filologica. Dunque, secondo l'Urlichs, la filologia è la scienza dell'idealità concreta. Essa deve dimostrare «la validità e il senso delle antiche testimonianze, la connessione delle manifestazioni singole con le maniere collettive di pensare e d'intuire dell'antichità». E così «nelle sublimi creazioni di spiriti originali, offre efficace correttivo alla comune ipervalutazione del realismo utilitario, perché stimola la fantasia, impegna l'intelletto, arricchisce il cuore e acuisce l'ingegno». - Come un aperitivo Dulcamara. Oh dove sei tu, ché in Italia non ti vedo, ombra che pensavi di Gian Domenico Romagnosi!

La risposta è molto filosofica. Ce n'è però una molto più semplice. La filologia è e dev'essere, né più né meno, quello che è stato nei grandi periodi classici. Deve preparare edizioni corrette, e vicine, il più possibile, al testo originario: deve intorno ai testi raccogliere, con la maggior sobrietà possibile, il materiale illustrativo. Arrivato a questo punto, il filologo, in quanto filologo, ha esaurito il suo compito. Se poi oltre che attitudine e spirito filologico, possiede anche autentiche attitudini storiche, critiche, estetiche, scriva storia, critica, letteratura: ma a codeste belle cose, le attitudini puramente filologiche non servono proprio un bel corno; o servono a spacciare amenità, come quelle, documentate nell'articolo scorso, del Keck, del Wilamowitz, dei loro tirapiedi italiani. A scrivere storia, letteratura, critica, si richiedono altre qualità, che non s'acquistano, per trasfusione divina, con la patente di dottore in filologia. Dunque i filologi facciano i filologi all'antica, e non vadano oltre. E che c'è da vergognarsi, ad essere filologo puro?

Il corvo! Ha il brutto vezzo di scarnificar le carogne; ma non è mica un brutto animale, il corvo! Nel bugigattolo del ciabattino, con le ali un po' mozze, col becco grosso e duro, nero nero, lustro lustro, è un sollazzo vederlo saltabeccare qua e là, scavizzolando e ingollando chicchi di granturco, bottoncini da scarpe, e in genere ciascun oggettino che luccichi. E perché gli dovrebbe venire lo struggimento d'andare a far la ruota fra i pavoni, nei giardini del re?

III.

LA TRAPPOLA SCIENTIFICA

E seguitiamo a dipanare la matassa arruffata. Seguitiamo, distinguendo con esattezza quello che dicono i filologi da quello che è in realtà. I filologi dicono che il Wolf ampliò il concetto e sollevò la dignità della filologia convertendola in scienza dell'antichità, e subordinandole ventiquattro discipline. Benissimo. Ma in che cosa consistono codesto ampliamento, codesta conversione, codesta sublimazione?

Le ventiquattro discipline che, in seguito alla riforma wolfiana, rimasero tradizionalmente subordinate alla filologia, son dunque le seguenti. Lettori di buona volontà, raccogliete il fiato: lettori impazienti, saltate l'enumerazione,

ché senz'essa

può star l'istoria, e non sarà men chiara.

E dunque: 1) Dottrina filosofica del linguaggio. 2-3) Grammatica delle lingue greca e latina. 4) Ermeneutica, ossia fondamenti dell'arte d'interpretare. 5) Fondamenti della critica filologica e dell'arte di emendare. 6) Fondamenti della composizione prosastica e metrica, o teoria dell'arte di scrivere. 7) Geografia ed uranografia antica. 8) Storia universale di tutti i popoli dell'antichità. 9) Fondamenti dell'antica cronologia e della critica storica. 10) Antichità greche. 11) Antichità romane. 12) Mitologia dei Greci e dei Romani. 13) Storia letteraria dei Greci. 14) Storia letteraria dei Romani. 15) Storia delle arti del discorso e delle scienze presso i Greci. 16) Storia delle arti del discorso e delle conoscenze scientifiche (non scienze, questa volta: adorabili nipoti d'Arminio!) presso i Romani. 17) Notizia storica delle arti mimetiche presso entrambi i popoli. 18) Introduzione dell'archeologia dell'arte. 19) Tecnologia archeologica. 20) Storia universale dell'arte nell'antichità. 21) Introduzione alla conoscenza e storia dell'architettura antica. 22) Numismatica dei Greci e dei Romani. 23) Epigrafia d'entrambi i popoli. 24) Storia letteraria della filologia. - Auff! Ho dovuto riassumere, ma è proprio finita.

Questa classificazione è un imperituro monumento della bestialità teutonica, scoprentesi ed affermantesi proprio nel campo in cui i tedeschi pensano d'essere maestri ai maestri, cioè nella sistemazione teorica. E son pronto a dare la esauriente dimostrazione di tale asserto ai filologi valvassori i quali me ne facciano regolare domanda su carta da bollo. Per ora, chiediamo solo perché le discipline siano per l'appunto ventiquattro. Forse perché ventiquattro sono i canti dei poemi omerici, altre vittime delle lucubrazioni wolfiane: perché quando si conta per uno la Numismatica dei Greci e dei Romani (e perché non la grammatica?), peggio le Antichità greche, peggio la Storia universale degli antichi, capite bene che il ventiquattro si può senza fatica tramutare in quarantotto, in novantasei, in centonovantadue. Viceversa alcune discipline dovrebbero essere assorbite in altre da cui il Wolf le distingue. Ma questi, ed altri errori che il più profano dei lettori italiani rileva a prima vista, sono in fondo, per attenerci alla partizione dantesca, peccati d'incontinenza. La matta bestialità, che doveva poi tralignare in malizia, è nella equazione fondamentale: FILOLOGIA = SCIENZA DELL'ANTICHITÀ. Che cosa poteva voler dire questa equazione?

Abbiamo visto nello scorso articolo che cosa era stata la filologia sino a questo momento, e che cosa deve e non può non essere sempre fondamentalmente: preparazione di testi.

E sappiamo anche, e ben chiaro, che cosa sia ciascuna di quelle discipline conglobate insieme, da Federico Augusto Wolf, sotto il nome e l'egida della filologia. Ma dove mai l'operoso demolitor d'Omero trovò le basi per l'annessione?

Le trovò in un rapporto che esiste di fatto tra la filologia e ciascuna di quelle discipline. La filologia prepara il materiale per tutte. E questo fa sí che, mentre la maggior parte di esse non saprebbe accoppiarsi omogeneamente con alcun'altra, sicché fra l'astronomia, per esempio, e l'epigrafia, fra la numismatica e la retorica, non si saprebbero escogitare connubî se non mostruosi; essa la filologia, può invece unirsi benissimo con ciascuna di esse. È come un minimo comun divisore di tutte.

Ma anche il più annuvolato alemanno avrebbe inteso che, riconosciuta una simile posizione della filologia di fronte alle altre discipline, difficilmente si potevano subordinare queste a quella. Essere singolarmente l'ancella di ventiquattro padrone, non può significare, in linea generale, essere la padrona di tutte e ventiquattro. E prima il Wolf, e poi, con protervia e malafede sempre crescenti, i suoi degni epigoni, mutarono questa posizione con uno spediente ingegnosissimo. Esaltarono, magnificarono, proclamarono unico il metodo filologico, e lo imposero a quelle ventiquattro discipline, e, via via, a tutte le discipline dell'universo.

*

I filologi più induriti vorranno concedermi che parecchie di quelle ventiquattro discipline non le ha inventate la filologia scientifica tedesca. La storia, per esempio, la critica letteraria, la interpretazione dei grandi autori, esistevano da un pezzo. Se non che, ciascuna di queste discipline aveva metodi suoi proprî, ed ai cultori di ciascuna d'esse si dimandavano qualità peculiari e ben distinte. Allo storico, per esempio, la facoltà di cogliere tra l'irrequieta moltitudine dei fatti i punti salienti e significativi: il dono di vederli risorgere entro sé, in una intima visione; la potenza espressiva per comunicare agli altri tale visione. All'interprete dei poeti, cuore ardente, fantasia agile, pronta a vibrare simpaticamente con quella degli autori interpretati, orecchio finissimo, capace di seguire le menome sfumature della poesia - che è sinfonia di parole - facoltà di rievocazione plastica, cioè di veder dietro ogni parola una immagine, di far risorgere

29

nel proprio spirito le forme che già si librarono alla mente dell'artista creatore. - Al critico, tutte queste facoltà dell'interprete, e l'altra, di penetrare ancor più profondamente nell'animo dell'artista, d'intuire quali fantasmi si disegnarono alla sua fantasia, di confrontarli con la loro materiale espressione, e dal confronto elevarsi al giudizio.

E così via, ciascuna disciplina aveva metodi e richiedeva attitudini speciali. Né parrebbe che i risultati di questa pluralità metodica fossero cattivi. E finché i tedeschi non abbiano data la prova del contrario a colpi di mortaro, il mondo seguiterà ad ammirare senza eccezione le opere di storici, di critici, di eruditi, come Tucidide, Orazio, Poliziano, Ludovico Antonio Muratori, Macaulay, Michelet, Giacomo Leopardi, nessuno dei quali, per quanto io sappia, andò a bere l'acqua della saggezza sulle rive della Sprea.

Alla filologia sembrò invece che quella pluralità fosse deleteria, quelle opere manchevoli e da dilettanti; e ai molti metodi sostituí dunque il proprio, unico come il prezzo unico dei bazar. È ben chiaro che chi impone il proprio metodo è padrone, come chi impone le taglie a Bruxelles è padrone del Belgio. E quello che avvenne per l'antichità classica, si ripete', su per giù, in ogni altro campo di studî. E così, la filologia, a poco a poco, da ancella divenne padrona.

La serva padrona.

*

E quale era questo metodo unico? Quali attitudini, quali doti si richiedevano a impadronirsene, ad applicarlo?

Le qualità fondamentali richieste nel filologo, erano, sono e saranno sempre le seguenti:

1) Occhi resistenti e tenace pazienza per trascrivere e collazionare codici.

2) Conoscenza grammaticale delle lingue.

3) Un certo acume che conduca a scoprire le interpolazioni e le cause grafiche degli errori.

4) Un certo sentimento della fraseologia, che nei luoghi errati o lacunosi suggerisca la correzione o il complemento.

Le prime due qualità non presuppongono vero ingegno. La terza è una dote sui generis, molto affine a quella degli spiegatori d'enimmi. La quarta appartiene ad un ordine più alto. I tedeschi, con la loro nativa leggerezza di tocco, la chiamano critica divinatoria. In realtà, essa non potrebbe sembrare straordinaria per alcun motivo, se non per l'abuso che se ne è fatto, anche dai grandi, nella arbitraria manipolazione dei testi. Ma insomma, essa attinge veramente i limiti del pensiero e dell'arte.

Se non che, tanto questa ultima quanto le altre che d'ora in poi dovevano sostituire tutte quelle richieste sino ad ora nel critico, nello storico, nell'esegeta, era difficile gabellarle per qualche cosa di alto, di supremo, e far credere che la loro applicazione dovesse condurre a risultati miracolosi, definitivi. Era difficile, senza un'acconcia preparazione degli spiriti, senza una propaganda, senza, come dire?, senza un boniment. Ed ecco infatti i filologi tedeschi, commessi viaggiatori nell'animo, come parecchi personaggi illustri della loro schiatta, a lavorar l'articolo con abilità prodigiosa. Grazie alla quale fu possibile uno dei più mastodontici equivoci, e si armò una delle più complicate e formidabili trappole che abbiano mai servito ad acchiappare e paralizzare spiriti umani. Il metodo filologico, aureolato dalla recente annessione, fu battezzato metodo scientifico; e alla filologia fu ascritto il carattere e decretata la dignità di scienza esatta.

*

Alla prodigiosa identificazione si arrivò poi mediante un ragionamento che rimase sempre la botte di ferro dei filologi impenitenti, e che, spogliato dalle lappole dei dulcamara, dagli orpelli dei ciceroni, dalle confusioni dei bertoldi, risulta impostato sulle seguenti proposizioni:

1) La SCIENZA ricerca la verità. Qualsiasi fantasia dev'essere bandita dal suo seno augusto. Non deve mai porre la mira e deve disdegnare qualsiasi applicazione pratica.

2) La storia civile, la letteraria, la critica, intese nel senso ovvio e comune, non vi dànno mai la verità assoluta. Una pittura storica del Carlyle o del Michelet, una analisi artistica del Taine, una sintesi estetica del De Sanctis, sono, in fondo, opere di fantasia. Possono essere, e furono oppugnate.

3) Invece il metodo filologico vi dà fatti. Non aspira alle sintesi ambiziose che, per quanto felici, lasciano sempre scappare da qualche parte qualche briciolo di verità; ma vi dà particolari veri: vi dà anch'essa la verità assoluta.

4) Dunque, LA FILOLOGIA È UNA SCIENZA. Stamburinata a piacere sull'austerità e sulla dignità dello spirito scientifico di fronte al princisbecche, ai castelli di carta, alle nuvole del metodo critico estetico, eccetera, eccetera, eccetera.

5) Ma le scienze esatte studiano le verità anche minime, anzi tutte le benché minime verità. Quindi non v'è fatto, per quanto piccolo, per quanto in apparenza trascurabile, che non si debba scavizzolare, studiare, farne l'edizione critica, e magari la riproduzione fotografica.

Ora, non è difficile vedere come tutto questo bel ragionamento sia imperniato sovra una metafora sbagliata. Ed è strano che i filologi, i quali dimostrano così sacro orrore per le grazie dello stile, si siano poi abbandonati ciecamente a quella insidiosa figura retorica che suole spalancare anche ai più esperti scrittori il lubrico bivio dell'errore.

E infatti, la filologia non può a nessun costo essere agguagliata alle scienze esatte. Queste studiano i fenomeni non per quello che sembrano, ma per quello che più presumibilmente sono: fanno perciò astrazione dal loro velo specioso, onde rampolla ogni diletto estetico, e cercano di cogliere la loro essenza (non parlo di essenza filosofica), per arrivare a scoprire le leggi che li governano. Scoprire leggi è mèta suprema della scienza.

Invece la storia, le opere letterarie, artistiche, musicali, tutto insomma quello che è prodotto dello spirito umano, non è soggetto a vere e proprie leggi. Quelle che i tedeschi onorano con tal nome solenne, sono tanto leggi quanto io sono arciduca d'Austria. Per esempio, il professore Eselkopf scuopre che una certa scuola di poeti alessandrini si è sempre astenuta dal collocare una sillaba lunga nella tale o nella tal'altra sede del verso - gli è come se, per esempio, qualche serbatoio d'Arcadia si fosse imposto l'obbligo di non far cadere mai nell'endecasillabo un accento sulla terza sillaba. Eselkopf parla subito di legge, e gli eselkopfiani di Germania non esitano a paragonarlo a Leonardo da Vinci o a Galileo: quelli d'Italia battono le mani. Ma ai lettori non filologi non ho bisogno d'aggiungere parole per dimostrare che razza di leggi siano codeste. E pure ammesso che nello studio dei fenomeni letterarî si possano osservare ricorrenze che somiglino, sempre però assai da lontano, alle vere leggi scientifiche, sussiste però immutabile il fatto, evidente a chiunque abbia sale in zucca, che l'Iliade, la Divina Commedia, le Tragedie di Shakespeare, avranno sempre importanza per sé stesse, e non già per le pseudo-leggi che un Eselkopf qualsiasi possa scavizzolarne. Dunque, la equazione FILOLOGIA = SCIENZA è un solennissimo sproposito.

Del resto, anche ammessa come legittima l'equazione, erroneo è il corollario (N. 5) che tutti i fatti possano e debbano essere oggetto di studio per la filologia. Le scienze esatte studiano, è vero, i fatti anche minimi; ma anche le scienze esatte limitano e scelgono il materiale di studio. Il mineralogo che raccogliesse e catalogasse uno per uno tutti i ciottolini della ghiaia di un fiume, sarebbe un rotondissimo imbecille; come rotondissimi imbecilli furono tanti e tanti che, a cavalcioni sul manico della granata scientifica, andarono per biblioteche e per archivi a caccia dei conti delle fantesche e delle liste dei bucati classici.

*

Equazione sbagliata, corollario pratico sbagliato. Eppure quel ragionamento da tiralesina attecchí.

Attecchí per diverse ragioni. Prima di tutto, per il fascino che esercitava pur il semplice nome di scienza. La scienza, immune allora dalle tare che le si son via via scoperte, scorazzava da padrona assoluta nelle regioni proprie e nelle altrui. E appena essa appariva, tutte le fronti si chinavano reverenti.

Poi, la nuova concezione era democratica. Essa schiudeva a due battenti le porte, sinora aristocratiche, degli studî umanistici, alla bordaglia intellettuale. Infatti non si richiedevano più le doti di buon gusto e di sentimento artistico che, pur non strettamente indispensabili alla bisogna filologica, erano però state sempre retaggio dei filologi classici. Macché! La filologia scientifica aveva inventata un'altra metafora, che fece e fa tuttavia furore presso i filologi pappagalli. La filologia mira a costruire un edifizio: l'EDIFIZIO DELLA SCIENZA. A costruire un edifizio ci vogliono sassolini, tanti tanti

32

tanti SASSOLINI (questa dei sassolini mandava e manda in brodo di giuggiole i filologi bevigrosso). Ma un sassolino, chi non lo può portare? Anche «le più deboli forze» possono portare un sassolino! - E le più deboli forze non intesero a sordo.

Ed oltre ai ragionamenti, anche parecchi fatti, di varia natura, contribuirono ad accreditare e rinsaldare il prestigio del metodo filologico scientifico.

E intanto, questo benedetto metodo filologico, che è non solo insufficiente, bensì deleterio, qualora si voglia dirigerlo a trattare e quindi a riformare l'essenza della storia letteraria, della civile, d'ogni studio artistico, è invece, come già vedemmo, non solo utile, bensì indispensabile ed unico nella preparazione dei materiali. Sia che li raccolga ed apparecchi da sé quegli che deve costruire l'opera complessiva, sia che altri glie li ammanniscano, questi materiali devono essere preparati con lo scrupolo e con la precisione filologica. Insomma, nel primo periodo di ciascuno studio, il metodo dev'essere, lasciamo stare lo scientifico, ma strettamente e severamente filologico. E chi pretendesse costruire senza aver prima le basi, quegli, sí, non riuscirebbe che ad innalzare castelli in aria.

Ora, appunto nel periodo in cui si lanciava il bluff della filologia scientifica, si incominciavano ad esplorare regioni di studio ancora sconosciute o mal note: le letterature romanze, per esempio, le letterature orientali, la glottologia, che, del resto, per sua speciale natura, si può veramente paragonare alle scienze esatte. In questi studî iniziali si applicò, come, del resto, avevano sempre fatto le persone di criterio, il metodo filologico: i risultati furono buoni; e l'onore ridondò in favore della filologia scientifica, che aveva riparate sotto le grandi ale tutte quelle discipline.

Tipico è il caso dell'archeologia. Dal Winckelmann in giù, si prese ad esplorare l'immenso materiale artistico, ancora quasi intatto, dell'antichità classica, e s'incominciarono gli scavi in tutte le regioni della primeva civiltà greca. I risultati di questi scavi, di queste esplorazioni, furono tali, che ne rimase profondamente mutata la fisonomia, non solo dell'arte, ma anche dell'antica letteratura greca. Merito unicamente della archeologia. Ma siccome, grazie all'annessione wolfiana, l'archeologia non era se non una delle tante province della filologia scientifica, i prodotti di quella andarono ad impinguare il tesoro di questa, come i quaranta milioni mensili estorti al Belgio andranno ad impinguare l'erario di Berlino. E la confusione arrivava più in là: dall'ambiguità si giungeva all'inversione. Anche ieri si poteva leggere in una rivista italiana che i profondissimi studî tedeschi sulla questione omerica avevano mutato la visione dell'antica poesia epica, anzi di tutta la poesia, e via di questo passo. Mentre la verità è che tale visione è venuta tramutando a poco a poco grazie alle scoperte archeologiche, dallo Schliemann (che era tedesco, ma non era filologo, e fu anzi schernito sempre dai filologi, finché non li convinse coi fatti palmari) agli scavi inglesi, francesi, italiani - perché, se Dio vuole, in questo campo, dove c'era da operare e da pensare, e non da imbottar nebbia, gl'Italiani in breve tempo si son messi alla pari con qualsiasi altra nazione. - La visione della poesia epica greca è tramutata, dicevo, grazie alle scoperte archeologiche, non grazie alle lucubrazioni di Wolf, di Lachmann, di

Hermann; ché, anzi, ogni colpo di zappa affondato nel suolo di Troia, di Micene, di Creta, è andato via via scalzando il grottesco edificio, ora abbattuto, e speriamo per sempre, della famigerata «questione omerica».

Un altro fatto che contribuí ad accrescere il prestigio del verbo novello, fu questo: che, durante o subito dopo la sua promulgazione, la Germania ebbe, quasi in ogni campo, una quantità di studiosi veramente grandi e geniali; e basterà ricordare, senza uscire dal campo classico, Ottofredo Müller, che, morto giovane, compose, fra altre opere insigni, la nota e bellissima Storia della letteratura greca: Ernesto Curtius, autore d'una Storia greca veramente geniale ed artistica, ed ora vilipesa dai puri rappresentanti della filologia scientifica: e, punto simpatico, ma grandissimo, Teodoro Mommsen. Questi ed altri furono critici, storici, storici della letteratura, puramente e semplicemente perché avevano sortito da natura il bernoccolo dello storico, del critico, del letterato. E se vogliamo cercar derivazioni, essi, e specialmente i due primi, si svelano figli dell'impulso umanistico, quello impresso dal Winckelmann, dal Lessing, dal Klopstock, dal Humboldt, dal Herder, dal Goethe: impulso che fu artistico, poetico, tutto ardore e passione umana, e che era direttamente agli antipodi con la grama, goffa ed altezzosa concezione della filologia scientifica. Questa filiazione si potrebbe mostrare, e farlo sarebbe interessante. - Ma siccome quei tre, ed altri geniali filologi che onorano veramente la Germania, il Ribbeck, per esempio, il Bergk, e, ultimo e non men degno, l'Usener, avversato, in genere, dalla marmaglia scientifica, erano venuti dopo la promulgazione della nuova legge; anche le loro opere furono requisite a vantaggio della filologia scientifica; la quale giganteggiò così di giorno in giorno, sino a divenire un idolo mostruoso, un gigantesco Moloch, che innalzava sino alle nubi la sua faccia bestiale, con lo iato vaneggiante delle insaziabili fauci. E aveva sede in Berlino.

*

Vedremo presto la filologia scientifica tedesca muovere alla conquista di tutte le regioni dello spirito e della cultura, invadere, saccheggiare, ricostruire a suo modo. Ma prima dobbiamo esaminare i principali corollarî e le conseguenze pratiche della nuovissima concezione. Per ora, enumeriamo.

Corollarî:

1) Oggettività e impassibilità dinanzi alle materie di studio.

2) Conseguente svalutamento del pregio intrinseco di tali materie.

3) E conseguente supervalutazione ed esaltazione della tecnica divenuta fine a sé stessa.

4) Internazionalismo filologico.

Conseguenze pratiche, una, ma buona: il sacrario dagli studî classici schiuso alle «più deboli forze», e la produzione meccanica d'uno sterminato numero di filologi, che col sacro sigillo del metodo scientifico alemanno si sparpagliarono ai quattro venti, esercitando una forma non meno scientifica di spionaggio politico.

Questi gl'ingranaggi, e ne esamineremo le funzioni nel prossimo articolo, della formidabile macchina filologica con la quale la Germania, per la durata di circa un secolo, ghermí, irretí, paralizzò, triturò il pensiero del mondo.

IV.

LA MACCHINA IN FUNZIONE

Dunque, la formidabile macchina della filologia scientifica, incominciò ad entrare in funzione.

E prima di tutto, mutò la posizione del filologo dinanzi alle materie del suo studio. Il povero umanista, di fronte alle opere degli antichi, stava, come un innamorato, in atto di perenne adorazione. I filologi scientifici se lo figurarono e lo gabellarono per un semplicione tutto facilonità e dabbenaggine, pronto a sdilinquire per ogni pius Aeneas di Virgilio (testuale). Su questo fantoccio tirarono a palle di fuoco, lo abbatterono, lo calpestarono. E assunsero poi, di fronte ai poeti, ai pensatori, agli storici antichi e moderni, la posizione obiettiva.

Sicuro. «Lo scienziato - dicevano - non deve lasciarsi prender la mano dall'entusiasmo. Che direste d'un chimico, d'un anatomico, d'un patologo, che indulgesse al sentimento, alla passione, alla sensibilità estetica, nella determinazione d'un peso atomico, nell'analisi d'un fascio di fibre, nella descrizione d'una colonia di batterî? Lo scienziato deve rimanere sereno, freddo e impassibile. E sereno, freddo e impassibile deve rimanere il filologo, che è anch'esso uno scienziato, nello studio dei fenomeni storici letterarî artistici».

«L'interprete filologo - scriveva ancor ieri un macellaro filologo, che ha sconciamente sbrandellato Virgilio, e che studiosi italiani hanno avuto il fegato di lodare - deve, a servizio delle sue ricerche trascendentali, trattare il coltello con mano sicura, e piantarlo a fondo, senza riguardo a ragioni sentimentali».

E in base a questi ragionamenti, la cui fallacia fu chiarita nello scorso articolo, ecco il filologuccio tedesco inforcar gli occhiali a stanghetta, sedere a scranna, e assumere con molto sussiego, dinanzi ad Omero ad Eschilo a Tucidide a Lucrezio ad Orazio a Tacito, la posizione obiettiva. Lasciate cioè le frasche sentimentali, passionali, estetiche, Herr Philologus si mise, come i cultori delle scienze esatte presi a scimmieggiare, a fabbricare strumenti di precisione, a dettare norme metodiche, a creare algoritmi, a fondar teorie, a scuoprire leggi.

STRUMENTI DI PRECISIONE. - Dizionarî generali, dizionarî speciali, grammatiche, repertorî, prontuarî, manualetti e manualoni, e indici di ogni specie, costruiti con meticolosità infinita. Ne ho parlato e ne riparlerò.

NORME METODICHE. - Anche di queste ho fatto cenno. Nella bisogna filologica si presentano varie operazioni. Decifrare i codici, trascriverli, raffrontarli, compilare liste di varianti, portare tutto al tipografo, correggere le prime, le seconde, le terze bozze, e via dicendo. Tutte queste operazioni furono scrupolosamente distinte, classificate. E per ciascuna di esse si stabilirono norme metodiche. Già dissi che qualsiasi persona intelligente codeste norme le possiede pel solo fatto che ha un cervello. Esempio: se due codici, A e B, presentano il medesimo testo, si possono fare due ipotesi: o l'uno dei due deriva dall'altro, o tutti e due derivano da un terzo. Herr Philologus pensò che questa e simili altre peregrine verità non potessero balenare alla prima a qualsiasi mente, e le espresse con formule teoriche, e le raccolse in appositi manuali ad uso dei neofiti.

ALGORITMI. - Son dunque i segni e le cifre convenzionali che la matematica e le altre scienze esatte creano per rendere più spicci i calcoli. La filologia si fabbricò anch'essa algoritmi, stabilendo un segno convenzionale per ciascun numero del bagaglio classico (opere, codici, etc), e per ciascuno strumento della sua ricchissima suppellettile scientifica. Il terzo canto della Iliade? Basta scrivere Γ, spiccio spiccio. - Il quinto dell'Odissea? Basta ε. - Rendiconti dell'Accademia di Monaco? Stz. d. b. Ak. - Codice laurenziano d'Eschilo? Si scriva A, e bott lí.

Tutte cose, in apparenza, innocenti come l'acqua, e magari, a tempo e luogo, opportune ed utili. Se non che, quando Herr Philologus si trovò a manovrare con codeste sigle misteriose, immaginò subito d'essere un nuovo Newton alla caccia di qualche nuova legge universale. Guardate un po'. L'astronomo scrive, per esempio:

$$A+D-\pi=\eta 3$$

Ed Herr Eselkopf scrive:

θέλεν Μθέλει A b f del. Karst. N. I. Ph. III, 48, 3, cfr. Wil. Her. 121.

Quale delle due formule è più scientificamente decorativa? Quella dell'astronomo o quella del filologo? - Herr Eselkopf nuotava nel latte e miele: e cominciò a concepire per le menome deiezioni del suo cerebro augusto, una tenerezza, una stima, una ammirazione illimitate. E coniò una terminologia cònsona ai sentimenti. Se scavizzolava in qualche ignoto scoliasta la notizia che Euripide, putacaso, mangiasse busecca nelle feste Lenèe, questa era la scoperta di Eselkopf. Se si figurava che Sofocle avesse imitato alcuni versi di Eschilo, questa era la teoria di Eselkopf. Se con una accurata statistica vi dimostrava che quella mala zeppa di Aristofane nutriva spiccatissima predilezione per una certa parola alla quale dànno vivo sapore d'attualità i virili costumi della Germania di Guglielmo, la dimostrazione di questa predilezione diveniva la legge di Eselkopf.

Ma voi capite che quando un mortale ad ogni pie' sospinto fa una scoperta, ad ogni parola sputa una teoria, con ogni articolo stabilisce una legge, allora questo mortale è lontano assai dalla misera terra, è già prossimo, oh Pindaro, alle bronzee soglie d'Olimpo.

*

Coi nuovi acuminati strumenti Herr Philologus procede' alla revisione scientifica delle letterature antiche e moderne.

E prima di tutto, accumulò sassolini, sassolini, sassolini, cioè fatti, fatti, fatti. Col sussidio dei suddetti strumenti, mercé i quali il primo venuto può fare in dieci minuti una ricerca che, per esempio, ad Enrico Stefano sarebbe costata mesi e mesi, Herr Philologus si fu presto cacciato in tutti gli anditi, in tutti i ripostigli ed i buchi dell'arte e del pensiero antico. In ogni momento della sua vita egli vi sapeva dire quanti καί si trovano in ciascun dialogo di Platone, e in che proporzione; vi enumerava tutti gli schemi metrici delle elegie di Tibullo; vi diceva quante volte fa e quante volte non fa posizione la tal consonante doppia in Omero. Ma ancora questi fatti non erano abbastanza positivi, abbastanza cibanti, per lo stomaco di Eselkopf, uso alla salsiccia, alla birra, al sauerkraut. Eselkopf ne cercava di più sostanziosi. E non dormiva i sonni tranquilli finché non avesse saputo per filo e per segno che qualità di papiro adoperasse Pericle per scrivere i bigliettini dolci ad Aspasia, con che lardo Orfeo ungesse i bischeri della sua cetera, e come si chiamassero e che mestiere esercitassero lo zio e il prozio e l'arcibisnonno di qualche tanghero scazzottatore celebrato da Pindaro (Wilamowitz). E quando poi si trovò così addentro nei fatti di casa del mondo classico, quando ebbe frugato e rifrugato ben bene in tutti gli angoli, anche nei meno puliti, allora Eselkopf si credette e si proclamò sovrano assoluto di quel mondo. Come se il topo della reggia, che va a ficcare il muso in buchi inaccessibili anche ai mozzi di stalla, si figurasse di regger lo scettro, e di sedere in trono, ammantato di porpora.

*

Un sovrano assoluto può introdurre nel suo regno le mutazioni che più gli garbano. Ed Eselkopf procede' bravamente a parecchie riforme che gli sembravano urgenti.

Prima mutò le livree. Dalle sue sterminate cognizioni gli risultava che, per esempio, gli scrittori greci del quinto secolo non adoperassero, per designare il suono s, quei segni σ e ς che s'erano usati sino alla nuova proclamazione scientifica; bensì l'unico segno c. Alla squisita sensibilità estetica di Eselkopf, tutti quei σ davano noia. E con gran solennità, nelle nuove edizioni, introdusse la nuova, cioè la più antica forma.

37

Dalle livree passò a qualche ritocco sulla viva carne, come si mozza la coda o si tosa il pelo a un bull-dog o ad un maltese. Per esempio, Eselkopf sapeva che Saffo aveva scritto in dialetto eolico; e vedeva che certe forme delle poesie di Saffo giunte sino a noi non corrispondevano alle forme eoliche quali avrebbero dovuto essere secondo i paradimmi dei suoi manuali. Ed Eselkopf mutò senza esitare le forme: perché, secondo lui, Saffo, artista liberissima e capricciosissima, in un tempo in cui non esistevano né regole né grammatiche, avrebbe dovuto scrivere in dialetto eolico obbligato.

À tout seigneur tout honneur. Il tiro più bello lo fecero ad Omero. Un certo Fick - che dico? l'insignissimo filologo scientifico Fick, fittosi in capo che la forma originaria dei poemi omerici dovesse essere differente da quella che possediamo, in un dialetto eolico ricostruito teoricamente, si prese la scesa di testa di tradurre da cima a fondo i poemi di Omero in codesto eolico teorico, e di presentarli al mondo scientifico come la vera autentica lezione, quella uscita diritta diritta dalle labbra del non mai esistito cantore d'Achille. E non lo mandarono al manicomio. Anzi io rammento di averlo sentito proclamare solennemente, da una cattedra dell'Università di Roma (non di letteratura greca, per fortuna), principe degli omeristi.

E dopo le tosature, vennero i tatuaggi e le multiformi mutilazioni degli emendamenti. Tutte le volte che non capiva, ed è incredibile quanto spesso i tedeschi non capiscano le cose più ovvie, Eselkopf, senza esitare un momento, emendava. Non saprei dire a che punto giungesse la aberrazione degli emendamenti. Aprite l'Eschilo commentato dal Wecklein. Ad ogni pie' sospinto, dove non ce n'è il menomo bisogno, dove tutto è chiaro, Wecklein sovrappone o sostituisce il tran tran del suo grecuccio teutonico alla divina armonia di Eschilo, e spesso senza neppure avvertirvi della sostituzione. È uno spasimo. Se avete senso d'arte, una ribellione vi solleva le intime viscere. E nessuno dei poeti greci e latini si salvò dalle oscene manipolazioni.

*

Se non che, numera καὶ, cambia terminazioni, volta in eolico, avvenne a poco a poco un fenomeno curioso: avvenne che ad Herr Philologus codesti famosi classici non parvero poi quelle meraviglie che avevano detto gli umanisti. Ed è naturale. Prendete Elena argiva, uccidetela, scuoiatela, e non vi rimane che un pezzo anatomico ributtante. E analogamente, nelle opere di poesia e di pensiero, fate astrazione dagli elementi sentimentali, passionali, estetici, e vi resta una putrescente poltiglia di vocaboli. Herr Philologus, pituita grossa come gli scarponi, non sentiva il lezzo di cadavere. Herr Philologus procedeva gagliardo alla bisogna, numerava, comparava, moltiplicava sillabe, punti, virgole. E siccome, manipola, manipola, codesta grandezza magnificata dagli esteti Herr Philologus non la vedeva; e siccome Herr Philologus, scienziato per grazia del kaiser e dell'accademia di Berlino, non poteva ammettere d'essere un ottuso; con un rapido passo delle zampe elefantesche, Herr Philologus passò dalla obiettività alla svalutazione.

Già. Avvenne proprio come quando, ai tempi barbari, non raggiando ancora sul mondo la luce della Kultur, un povero europeo naufragava in qualche inospite plaga dell'Africa o dell'Australia: che gli aborigeni, prima lo pigliavano per un dio e lo adoravano; poi, a mano a mano, gli tiravano il naso e le orecchie; quindi lo mettevano in una stia ad ingrassare; e infine lo accoppavano e ne imbandivano succulenti manicaretti. Così i filologi tedeschi. Cominciarono, con Winckelmann, con Lessing, con Goethe, a idolatrare i Greci e i Romani, e ad assumerli modelli per dirozzare i proprî costumi, la lingua, lo stile. Poi, preso coraggio, vennero le benevole confidenze: il ganascino a Catullo, una tiratina d'orecchi a quello sporcaccioncino di Tibullo, un colpetto di palma sulla pancetta pulcinellesca di Plauto. Poi cominciarono le parole grosse e gli scappellotti. Cicerone era un mozzorecchi, Livio un leccazampe contafrottole, Orazio uno scimmiotto dei Greci, e bazza a chi tocca. Ma le incursioni tentate dalla bordaglia scientifica in territorio latino, gustosissimamente scorbacchiate in una poesia dello Zanella, sono note a tutti. Meno risaputo è che da qualche tempo i filologi lanzi hanno rivolto i quattrocentoventi del loro metodo contro il Partenone.

Sicuro. Per esempio, il signor Richter, oberlehrer (leggi caporal maggiore) nel ginnasio di Breslau, in un aureo libro in cui una serie di riassunti (il forte dei tedeschi) si dàn l'aria d'uno studio tecnico sulla drammaturgia di Eschilo, dirà pari pari, a proposito della prodigiosa Orestea, che appena si riesce a concepire una maniera più unilaterale e superficiale di trattare la poderosa materia. Oh, se l'avesse trattata il caporal maggiore, con la rinocerontesca profondità alemanna!

Pindaro, quei campanari dei Greci suoi coetanei si deliziavano tanto all'armonia dei suoi versi, che incisero in lettere d'oro tutta una sua lunga ode, la Olimpica VII, sulle pareti del tempio di Atena Lindia. Ma il Wilamowitz, quello che scuopre le fonti d'Eschilo negli stornelli di Lamporecchio, e che è professore all'Università di Berlino e consigliere intimo del kaiser, ha l'orecchio più fine di tutti gli antichi Greci messi in un fascio. E quindi assevera che il poeta di Tebe, essendo beota, non riusciva ad esprimere bene i suoi concetti, non sapeva costruire bene le sue frasi e render chiaro il nesso dei suoi pensieri mediante le ricche particelle della lingua greca, non aveva il menomo orecchio per molte regole di eufonia universalmente riconosciute (in Germania?): sicché le sue perifrasi convenzionali penzolano flosce flosce. Ho tradotto alla lettera. E che bocciatura gli avrebbe appioppata, Wilamowitz a Pindaro, se questi si fosse presentato all'esame di greco a Berlino! - E in Italia lo spalleggiarono. Sicuro. Un uomo di gran nome accademico, che non era ellenista, ma era filologo, popolarizzaudo in un suo scritterello codeste preziosità wilamowitziane, precluse la via perfino alla discussione, sentenziando che in simili questioni avevan diritto di giudizio solamente i PARI. Intendeva forse gli accademici di Berlino. Deutschland ueber alles! Vada al diavolo l'arte classica, ma rimanga intatta, e neppur sospettata, la moglie di kaiser, l'accademia di Berlino, che dà le croci di ferro. E non soltanto di ferro.

Adesso poi l'hanno presa anche con Omero. Ed ecco come.

Corinna, emula di Saffo, gli antichi la chiamarono mosca, e non certo per dimostrarle soverchia ammirazione. Quello che di lei conoscevamo fino a poco tempo fa era davvero troppo poco per valutare la convenienza di tale epiteto; ma nel 1906 uno dei famosi papiri ci diede un paio di frammenti abbastanza importanti. Si faccia coraggio il lettore, e scorra la versione, che io gli sottopongo, del più lungo di essi. C'è dunque un profeta, il quale consola il fiume Asopo, indignato, non sappiamo perché, contro i Numi, e gli rammenta che questi ebbero la degnazione di fecondargli nove figliuole.

«Delle tue figlie, tre ne possiede Giove padre, sovrano d'ogni cosa; tre ne sposò il signore che governa il ponto; di due Febo governa i talami;

ed una l'ebbe Ermete, il buon figlio di Maia: ché così Amore e Cipride li convinsero a venire nascostamente alla tua casa, a rapire le nove giovinette.

Esse daranno alla luce una stirpe d'eroi semidei, e saranno molto feconde ed esenti da vecchiaia, secondo mi convince il tripode fatidico.

Questa dote ottenni solo io fra cinquanta gagliardi fratelli, e fui profeta degli àditi venerandi, avendo ottenuto di profetare senza menzogna.

Ché il figlio di Latona concesse ad Euonimo di bandire per primo oracoli dai suoi tripodi. - Lo scacciò poi dalla terra, e conseguí per secondo tale onore, Urièo

figlio di Posídone; e poi lo ebbe Oarione, mio genitore, che riconquistò la sua terra. Ma esso ora abita in cielo, ed io ottenni questa carica.

Perciò dico i veri responsi. E tu desisti dalle tue liti con gl'Immortali.

Così disse il santissimo vate. Ed Àsopo, lietamente presolo per la mano, e versando pianto dagli occhi, gli rispose così».

Coraggio lettori, la risposta dell'Asopo non c'è, e l'altra poesia ve la risparmio. Se la traducessi, comincereste a comprendere sempre meglio la mosca degli antichi: questi due frammenti son proprio ronzii. Ma insomma, il caso potrebbe anche aver giuocato un brutto tiro alla povera Corinna; e né io né voi ci arrischieremmo a pronunciare ancora un giudizio.

A Wilamowitz questo coraggio non manca. I discorsi di Pindaro non gli vanno giù; ma questa pappolata dell'ignoto profeta di Corinna proprio gli rifinisce: e fa alla signora poetessa tanti bei complimenti. E transeat, e vada a conto della cavalleria, il forte dei nipoti di Wodan. Ma non è contento, se, per effetto di contrasto, non tira un calcio a un poeta maschio; e questa volta azzecca Omero. Asseverato che i frammenti corinnei offrono, come pendant all'epica ionica (quella d'Omero), un saggio dell'epica dorica, proclama al mondo che essi lo soddisfano assai più delle sganasciate opere dei rapsodi che vanno sotto il nome di Omero e di Esiodo.

Quando ho veduto questa roba, ho creduto sul serio d'aver le traveggole; tanto più che mi sembrava di ricordare che, sulla base dei frammenti di Corinna già conosciuti, miseri anch'essi, ma certo più graziosi dei nuovi, il Wilamowitz in altri tempi avesse espressi giudizî poco favorevoli sulla povera poetessa. Ho riletto la pagina due o tre volte, ho provato a leggere dall'ultima parola alla prima, ho messo insieme le lettere iniziali, per vedere se in queste apparenti grullaggini il Wilamowitz avesse nascosto, per manía acrostica, qualche arcano aforisma filologico. Niente: dice proprio così: Corinna gli piace più d'Omero.

E poi ho cominciato a farmi una ragione, badando ad un suo accenno a qualche somiglianza che intercede fra Corinna e i poeti ellenistici e gli alessandrini. E qui conviene fare un'altra sosta, e parlare d'un bestialissimo dirizzone che stanno pigliando ai nostri giorni i filologi biasciapiri.

Tutti sanno che, conclusa la serie dei grandissimi artisti greci con Euripide, con Platone, con Demostene, incomincia un periodo di carattere assai diverso: l'alessandrino. È assai difficile significare l'impressione di asfissia che prova chi, dopo aver vagato attraverso le foreste magiche della gran poesia classica, si affaccia alle soglie dell'alessandrinismo. Di colpo, quasi per malefico sortilegio, vediamo sparire tutte le mirabili doti dell'arte greca: la spontaneità, la schiettezza, la luce, la libertà, la fantasia, la virtú plastica, l'ampiezza di linea, la musicalità profonda, quell'aderenza alla realtà e insieme quel perenne battito d'ala verso l'azzurro; e ci troviamo d'innanzi all'artificio, alla frigidità, alla pedanteria. Dai liberi campi dove s'incrociavano tutte le luci e tutte le fragranze, passiamo di colpo nel chiuso, tra polvere di libri e tanfo di lucerna. Salvo qualche eccezione - luminosissima Teocrito, che per altro non era greco, ma siciliano - i poeti alessandrini, a cominciare da Callimaco, sono proprio aurei mediocri, cioè aurei seccatori. Prima c'era solamente l'arte: con loro incomincia la letteratura per la letteratura, peste e flagello della umanità sofferente.

Se non che, questi frigidi poeti erano meravigliosi cruditi, bibliotecari, raccoglitori di libri, compilatori di edizioni. Oltre che la letteratura, inaugurarono essi la filologia.

Ora appunto questa attività filologica provoca, per affinità elettiva, la simpatia dei filologi scientifici. Non solo; ma quella loro gessosa poesia, tutta compaginata di fatti precisi e documentati (Nulla canto che non sia documentato, diceva Callimaco), limata, stropicciata in ogni giuntura di sillabe con lo smeriglio della pedanteria, assoggettata spesso e volentieri a rompicapi di regole cretine, è l'unica che i moderni emarginatori di filologia, sordi alla grande arte classica, possano comprendere e gustare sinceramente.

Per un po' hanno taciuto, ché i nomi di Omero, di Pindaro, di Eschilo, si imponevano, e il filologo in genere è rispettoso delle opinioni belle e fatte. Poi, a mano a mano, hanno preso animo a ragliar fuori le vere predilezioni delle loro animule stoppacee. Pindaro non sa il greco, ma Callimaco è il principe dei poeti. Corinna è una poetessa grande, e l'Iliade e l'Odissea due chitarronate.

Ah no, signori miei, fermi un momento: a che giuoco si giuoca? Voci alte e fioche, in questa benedetta terra d'Italia, hanno invocata a vostro favore la «libertà del cattivo gusto», hanno ammonito, con pituitosa sapienza, che la infinita dottrina concede al Wilamowitz il diritto di esprimere qualsiasi giudizio gli frulli pel capo.

No, signori miei. Queste carte di libero transito per le insidiose bestialità non possiamo concederle. L'arte non è un passatempo, è una fede. È la sola virtú capace di sollevare gli spiriti dalle miserie terrene; e non per nulla la religione cattolica, che è, non solo la più alta ed umana, ma anche la più saggia delle religioni, la volle compagna in ogni sua manifestazione. Cento e cento grandi artisti hanno pianto, sorriso, fremuto d'entusiasmo alle sacre pagine dell'Iliade e dell'Odissea. Noi, che non siamo sciocchi, ritroviamo, ogni volta che torniamo ad esse, quel pianto, quel sorriso, quegli entusiasmi. Se un frigido sofista viene, senza altri argomenti se non quello della sua sterminata erudizione, a dirci che quelle pagine sono chitarronate, non rimane che il gesto di Gesú contro i mercanti invasori del tempio: pigliare la frusta.

*

Dunque, i filologi scientifici andavano facendo tabula rasa dell'arte classica. Ma non perché si svalutasse la materia perdevan credito gli strumenti che erano serviti alla svalutazione. Anzi, quanti più guasti esercitavano, tanto più acquistavano prestigio. Si capisce. Il fàscino che esercita sugli spiriti gentili un bel quattrocentoventi è in ragione diretta col numero delle statue che gitta giù, di un sol colpo, dalle nicchie di una cattedrale. Ma ci pensate! Gli strumenti della filologia scientifica servivano, non soltanto a penetrare sino negli intimi recessi delle opere, ma anche a dimostrare che in fondo queste opere non erano gran cosa.

In fondo avevano un solo vero pregio: quello di offrire ad Eselkopf rottami onde costruire i depositi dei suoi dizionarî, i trinceroni dei suoi manuali, i reticolati dei suoi contributi. Ed Herr Philologus, sulle rovine fumiganti del mondo classico, distrutto una volta da lui, riedificato da lui, ridistrutto da lui, si sentí simile ad un Saturno teutonico, padre di tutte le cose, che genera figli e li trangugia a piacere.

Che più ti resta? Infrangere

anche alla morte il telo,

e della vita il nèttare

libar con Giove in cielo.

*

Eselkopf si sentiva grande. Se non che, quanto più crescevano la sua grandezza e la perfezione del suo metodo, tanto più vedeva la gente disinteressarsi delle sue lucubrazioni, allontanarsi da lui. Eselkopf si sentiva grande ed incompreso. E allora vagheggiò la secessione, pensò di allontanarsi dai rozzi profani, in un tranquillo rifugio, insieme con altri grandi della sua risma. E così avvenne. I filologi autentici, serî, scientifici, scrupolosamente depurati di ogni scoria dilettantesca, cioè d'ogni sentimento, d'ogni passione, d'ogni sensibilità, si ritirarono, lontani dal mondo e dalle sue pompe, in una loro torre d'avorio (leggi celluloide), parlando fra loro il loro incomprensibile gergo, sdegnosi di comunicare i loro contributi scientifici al vulgo dei profani (die Laien), pei quali si davano tanto da fare quei babbioni degli umanisti. - E i profani non ci trovarono a ridire. Da una parte avevano sentito che quell'arte, quel pensiero, quella letteratura non erano più gran cosa; dall'altra non capivano il gergo degli eselkopfiani: perché avrebbero dovuto trattenerli per le falde della giubba?

Ma gli eselkopfiani pretesero di più. Pretesero di essere mantenuti, come a Sparta gli antichi savî, a spese dello stato. - Veramente, avrebbero potuto rispondere i profani, lo stato vi paga coi quattrini nostri; e non si dovrebbero pagare se non i servigi realmente prestati; i quali, avvenuta la secessione, non sussistono più. - Ma gli eselkopfiani risposero col ragionamento che abbiamo già esposto: che cioè la filologia era una scienza, e che gli scienziati non avevano altro obbligo se non quello di scoprire verità e leggi, senza punto occuparsi delle possibili applicazioni. E i profani abboccarono. Abboccarono: un po' perché non videro la fallacia dell'argomentazione; un po' per il misterioso rispetto che incuteva il gergo eselkopfiano. Il mondo è sempre il medesimo, dagli antichi àuguri ai tavoli spiritici: avido, ingordo, insaziabile di mistificazioni. Per lui chi più parla difficile più è bravo.

È tanto umano! Se io, per esempio, mi esprimo così: «Caio accetta la tal correzione che nel codice tale della Iliade una seconda mano ha sovrapposto alla prima. Ma ne risulta un esametro con una sillaba lunga nella tal sede, mentre i computi di Tizio hanno dimostrato che per lo più Omero evita la lunga in quella sede dell'esametro» - : se mi esprimo così, tutti capiscono che cosa ho voluto dire; ma tutti capiscono pure che per arrivare a questo ragionamento non c'è bisogno d'una mente galileiana. Ma se io scrivo invece: «La teoria di Caio (Phil. Unt., II, s. 55) che in A 139, m si ha da preferire ad M è dimostrata insostenibile dalla legge, di Tizio, DGR3. 185»; la gente penserà che codeste cifre sibilline racchiudano dio sa quale astrusa e miracolosa speculazione, inaccessibile a chi è fuor del santuario; e mi piglierà per un'arca di scienza. E anche nella ipotesi, tanto spesso verificatasi, che quelle formule, invece d'una anodina osservazione, racchiudano qualche solennissima corbelleria, un ministro della pubblica istruzione non potrà ragionevolmente opporsi ad affidarmi, con l'articolo 69, una cattedra di letteratura greca.

Dunque, i profani abboccarono. E assai più volentieri abboccò lo stato germanico, il quale, col fiuto commerciale che nessuno saprebbe onestamente contendergli, aveva subodorato nel filologo scientifico un ottimo articolo spiologico. E così l'arido rifugio dei filologi austeri venne consolato dalla manna mensile di centinaia e centinaia di marchi. La Tebaide con lo stipendio.

*

Ma l'uomo è un animale socievole. Dalla loro torre di celluloide, i filologi cominciarono a guardarsi intorno. Che tristezza, aver tante belle cose da dire, e non trovare un cane che voglia ascoltarle! Il canto degli eselkopfiani si sperdeva tristamente nel deserto. Ma che è, che non è, ecco altre voci, fioche, ma pur voci, giungere sulle ali dei venti, da

43

lungi, dalle terre straniere. Oh diamine! E come non averci pensato prima! Sicuro! I filologi delle altre terre, di Francia, Inghilterra, Russia, America, Grecia, Spagna, San Marino, Italia! Quelli potevano imparare la loro lingua, accordarsi al diapason dei loro pensieri, formare con essi una umanità di pari, molto al disopra della povera umanità solita, nel nome e sotto gli auspici della filologia scientifica! E dalla torre di celluloide partí un'altra bomba, carica di gas veramente asfissiante: l'Internazionalizzazione della filologia.

Ma naturale, per bacco! E il mondo in tanti secoli non se n'era accorto! Diamine! E che la scienza conosce patria o confini? E che c'è una fisica tedesca, e poi tante altre fisiche, francesi, russe, inglesi? Fisica è tutta! E analogamente, filologia è tutta! Le letterature di tutto il mondo costituiscono una materia unica, da studiare col medesimo metodo, il filologico, infischiandosene altamente di tutta quella roba che ci andavano a cercare dentro i bisnonni dei nostri arcibisnonni: i pensieri generosi, la commozione, la celebrazione delle glorie avite, l'incitamento a magnanime gesta.

Io non so se questo ragionamento internazionale fosse ispirato agli eselkopfiani da malizia o solamente da matta bestialità. So che esso serviva molto bene ad uno scopo per essi altamente nazionale: cioè alla supervalutazione della letteratura tedesca.

Io non sono partigiano denigratore della letteratura tedesca. La ammiro, non ciecamente, ed ho soprattutto sicura coscienza di conoscerla, direttamente, assai meglio di tanti fanatici germanofili ed ex-germanofili. Potrò errare nell'apprezzamento, ma so quel che mi dico. Ora, la letteratura tedesca, incominciata assai tardi, quando tutte le letterature d'Europa contavano secoli di vita rigogliosa, vanta un solo poeta di primissimo ordine, il Goethe, una sola fioritura veramente geniale, il romanticismo. Ed io ho sempre avuto simpatia, anzi ho sempre sentita vera affinità elettiva con questa candida e rosea fioritura dello spirito umano, che conteneva tanti germi di pensiero di poesia e d'entusiasmo, presto brutalmente calpestati dalle suole fangose del militarismo prussiano. Io ho molto amato Hoffmann, Gian Paolo, Achim von Arnim, Brentano; ed ancora mi son cari, ché non saprei renderli responsabili dell'infamia e del cinismo dei loro tristi nipoti. Ma anche la fioritura romantica è più di aspirazioni che di opere. È anemica, sporadica, informe. Non è un Olimpo, è un Limbo. E se si guarda a fondo, il suo prestigio più grande lo deriva dalla musica, da Schubert, da Weber, da Schumann, da Beethoven, che immerge le radici nel classico settecento, ma apre tutti i suoi fiori nel più ardente romanticismo. Né mai i poeti tedeschi giungono al sereno equilibrio tra l'ispirazione e l'arte cosciente, che costituisce l'intima essenza dei capolavori classici. O tentano il cielo; e si perdono tra le nubi della follia, come Nietzsche, o in una frigidità cristallina, come, assai sovente, lo stesso Goethe. Oppure vogliono tuffarsi nella umanità, e divengono sentimentali, come molti dei romantici, declamatori, come spesso Schiller, frivoli e sgarbati, come non raramente Heine. Forse la lingua stessa, tuttora nel periodo in cui i singoli temi che informano ciascuna parola non sono bene amalgamati, non è matura alle grandi creazioni.

Il rinnegato Chamberlain, come tutti sanno, sostiene che codesta imperfetta fusione costituisca invece una superiorità; perché ciascuna parola tedesca lascia sempre sentir tutti gli elementi che la compongono: sicché, quando un tedesco dice, per esempio: Finger-hand-schuh (scarpa dei diti della mano, cioè guanto), sente simultaneamente, nell'armonioso vocabolo, le dita, la mano e la scarpa. Ma per confezionare simile ragionamento ci vuole tutta la zucconaggine di chi, nato inglese, s'industria a diventar prussiano. Sarebbe come dire che una cattedrale allora è una vera opera d'arte, quando l'abbiate sbarazzata, magari coi quattrocentoventi, delle sue statue, delle sue vetrate, dei suoi veli di marmi versicolori, dei suoi rutilanti musaici, e ne abbiate messe a nudo le travature, le grappe, i mattoni e il calcestruzzo. La verità è che la parola latina è una gemma iridescente, nella quale sono perfettamente fusi tutti i minerali che l'hanno formata; e la parola tedesca è tuttora il fondiglio non amalgamato di un crogiuolo forse mal costruito.

E va bene. Ma stabilito il principio che le opere dei poeti e degli scrittori sono pura materia di scienza, da trattare con la medesima obiettività scientifica, che, dunque, non può far differenza tra il diamante e il carbone: ne risulta che, come dinanzi alla infinita grandezza di Dio si aguagliano il moscerino e l'elefante, così dinanzi a SUA MAESTÀ LA FILOLOGIA SCIENTIFICA tanto vale la letteratura alemanna, quanto, poniamo, la letteratura greca; alla quale, del resto, gli usseri della morte della filologia paragonano insistentemente la letteratura tedesca, in ardite punte volanti eseguite fuori del trincerone scientifico.

Un altro effetto dell'internazionalismo era poi lo svalutamento di tutti i titoli nobiliari artistici e letterarî, È bensì vero che quando Virgilio aveva scritto da un pezzo l'Eneide, i Germani d'Arminio ululavano i loro belluini barditi; ma, ammessa la concezione «scientifica», quale nipote di Virgilio vorrebbe essere tanto rètore da inorgoglirsene di fronte a un nipote d'Arminio?

Previde la Germania, calcolò le conseguenze dell'internazionalismo filologico? Inutile dimanda. Sussiste il fatto che, mentre dal lato estetico esso tendeva a svalutare quello che in ciascuna letteratura è più prezioso, cioè il carattere: dal lato etico mirava a scancellare quanto v'è nell'animo umano di più profondo e di più nobile; e in primissimo luogo, il sentimento nazionale.

Pensate un po'. Noi non siamo Italiani e non ci sentiamo orgogliosi di essere Italiani, perché siamo nati fra tanti gradi di latitudine e tanti di longitudine. Bensì perché abbiamo comuni certe memorie, certe fedi, certe speranze, certi sentimenti, certe passioni. Questo patrimonio comune è retaggio dei nostri antichissimi padri; e viene trasmesso, di secolo in secolo, dalla letteratura. La letteratura è il ponte gittato fra il passato e il presente, il mezzo per cui i nostri grandi avi rimangono sempre fra noi, ci favellano, ci dànno continuamente il frutto prezioso della loro secolare esperienza. E perché questo patrimonio è tanto ricco e fulgido, noi ci sentiamo orgogliosi di possederlo. Ogni scritto è composto, sí, di parole; ma di parole che cadendo nelle anime germogliano vita. Le parole di Dante, le parole del Petrarca, del Machiavelli, dell'Alfieri, del Foscolo, tennero desta nel cuore degli Italiani la sacra coscienza della propria nobiltà, che, trionfando infine d'ogni insidia barbarica, eruppe dalle tenebre alla nuova luce fulgente.

Ma quando Herr Philologus vi fa persuasi che il primo dovere degli Italiani non è quello di sapere a memoria la Divina Commedia, bensì quello di collazionarne minutamente tutti i codici, o di riformarne la grafia e la punteggiatura, sino a rendere illeggibili i versi più sublimi; allora, quando vi siate bene imbevuti di codesta persuasione, sarete pure convinti che cercare nei nostri grandi scrittori rievocazioni di memorie o incitamenti a grandi opere, è superficialità, è retorica, è dilettantismo. E dal '60 in giù, quanti e quanti, in Italia, si lasciarono instillare da Herr Philologus codesta persuasione!

Dunque, o in buona o in mala fede, la Germania sparpagliò per tutto il mondo sciami e sciami di filologi scientifici, a diffondere il nuovissimo perfido verbo. E per non trovarsi ad averne penuria, cominciò a fabbricarli a macchina; né la materia prima poteva mancare. Abbiamo visto come la concezione scientifica spalancasse le porte a due battenti alle più deboli forze. Le più deboli forze corsero all'appello. Come, quando la gran patria chiama, miopi, sciancati, varicosi, denutriti, gibbosi, accorrono a sgozzare Belgi o Serbi; così microcefali, deficienti, maniaci, corsero allo squillo della filologia scientifica. E quando furono debitamente ferrati sul metodo, e, con la patente di dottore in filologia, ebbero acquistata la incontrastabile signoria di quelle ventiquattro, quarantotto, novantasei discipline che abbiamo descritte, andarono, con sulle natiche callose il made in Germany della sacra accademia di Berlino, a disseminare ai quattro venti il glutinoso polline della filologia scientifica.

E lavorarono bene. In poco d'ora, in tutti i paesi civili, Francia, Inghilterra, Russia, America, Grecia, e specialmente in Italia, la bruna Mignon sempre sospirata dal sentimentale scimmione teutonico, sorsero, come per incanto, tante e tante torricelle di celluloide, immediatamente collegate con mille fili al gran torrione centrale di Berlino.

E dentro queste torricelle, bene isolati dalla comune dei mortali, vissero e vivono i filologi ortodossi, favellando un lor gergo speciale, ragionando con una specialissima logica, adottando usi e costumi peculiari, strani, ben differenti da quelli della misera gente profana.

E non hanno avuto ancora il loro Figuier.

V.

LOHENGRIN FILOLOGO

Prima di passare al punto capitale della mia ricerca, cioè alla infiltrazione tedesca nella scuola e negli studî italiani, diamo un'occhiata agli ultimi risultati del metodo filologico scientifico in Germania.

Tali risultati sono, con matematica inflessibilità, conseguenti alle premesse. Dichiarati superflui e nocivi, e banditi dagli studî storici, letterarî, artistici, il sentimento ed il gusto, ridotto tutto ad un appuramento e una raccolta di fatti, si giunse, e non si poteva non giungere, al repertorio, alla compilazione. Repertorî e compilazioni pure e semplici sono oggimai tutti i libri tedeschi che pomposamente si intitolano Storia della letteratura, Dottrina metrica, Grammatica scientifica, Storia della mitologia.

Storia della letteratura il famosissimo Christ? Sono date di nascita e di morte, fatti materiali, riassunti. Se ne leggete venti pagine di fila, avrete rapita la palma a Didimo, che per la sua coriacea resistenza di leggitore, fu chiamato stomaco di bronzo. Dottrina metrica il Gleditsch? È un inventario, una poltiglia di schemi ritmici, senza neppure il tentativo di studiare l'essenza del ritmo, di stabilirne i principî, d'indagare le ragioni naturali, storiche, estetiche delle sue multiformi manifestazioni. Le grammatiche del Krüger e del Kühner non sono che repertorî di fatti, e sia pure precisi, precisissimi. Si potrà dichiararle utili a scopi professionali (io le trovo inutilissime); ma per ammirarle ed entusiasmarsene, ci vuol proprio la zucconaggine dei puri grammatici, i quali non sanno deviare un millimetro dalle vecchie rotaie, e sembra non sospettino neppure alla lontana la verità, già a suo tempo mirabilmente formulata dal Giordani, che «la grammatica è parte di metafisica la più sublime». E vorreste chiamare Storia della mitologia il Gruppe? È una bioscia indigesta, una bigutta, una olla podrida. I fatti vi sono buttati a a casaccio, senza ordine, senza discernimento, senza critica, come nel truogolo si gittano al ciacco ossa di manzo, bucce di patate, torsoli di cavolo.

E a mano a mano, neppure come repertorî servono più codeste opere. Se ne spacciano molte copie in Germania, e fuori di Germania, e massime in Italia. E le nuove edizioni, spesso curate da nuovi filologi, anche più scientifici degli originarî compilatori, si vanno via via, sulla scorta delle recentissime scoperte, rigonfiando, idropizzando, di fatti, di fatti, di fatti. E tutta codesta abbondanza, che, secondo il concetto scientifico, dovrebbe rendere più profonda la conoscenza, serve a non far capire più nulla. Conoscenza è scelta, sceveramento, sintesi. Per esempio, scrivere la grammatica d'una lingua, dovrebbe significare approfondirne l'organismo con criterio filosofico, e scuoprirne i principî regolatori, ai quali possa poi ciascuno agevolmente riferire tutti i singoli fenomeni morfologici e sintattici. Ma se voi trascurate l'analisi profonda dei principî, e mi date invece tutti i singoli fatti, come appunto usano Krüger, Kühner e compagni di Germania, mi trovo precisamente, punto e da capo, a dover rifare per conto mio il lavoro di scelta, di sintesi, d'ordinamento. - Ma pensare, l'abbiamo visto, è antiscientifico. Scientifico è raccoglier sassolini. E mucchi di sassolini, anzi di tritissima sabbia sono appunto codesti recentissimi manuali tedeschi. Per esempio, il dizionario mitologico del Roscher, incominciato, tanti e tanti anni fa, abbastanza bene, è divenuto una selva così fitta e intricata di fatti e fattucci e fatterellucci, che per cercare una notizia dovete impiegare una settimana; e poi finite per non scovarla tra quel minutissimo tritume, e dovete ricorrere a qualche altro lessico, per esempio a quello inglese dello Smith, che è del 1815, ma è fatto da un uomo che aveva la testa sulle spalle, e perciò è quel che dev'essere un dizionario, vale a dire offre agevole risposta a ciascuna domanda. Vero è che proprio negli ultimi tempi c'è stato qualche sintomo di reazione «estetica» anche in Germania. Sicuro. Herr Philologus, sebbene lautamente stipendiato, sebbene dichiarato, in Germania, e massime in Italia, vir summus, sebbene pezzo grosso dell'accademia di Berlino, ha cominciato a sentire, così a fiuto, che codesta sua produzione «severamente scientifica» è un po' roba da ufficiale di scrittura. Herr Philologus ha riscosso allora, nelle adipose budella, il vecchio sentimento tedesco, e ha cominciato a largire ai profani interpretazioni estetiche. Abbiamo visto di che risma: e, sempre a richiesta dei filologi increduli, eccomi pronto a moltiplicare gli esempî.

Troppo tardi, Herr Philologus! Nessuno, neanche un Latino, cioè un uomo che pur nasce con ottime disposizioni all'arte, può fabbricarsi di punto in bianco una giusta sensibilità artistica: il tirocinio dell'arte è assai più lungo, cari signori, che non sia il tirocinio della vostra scienza. Voialtri poi, carissimi lanzi, doti native di intelligenza artistica non ne avete punto, e dovete fabbricarvele artificialmente, come hanno tentato tutti i vostri migliori, a cominciare dal Goethe. Lavoro doppiamente lungo. I vostri nonni e bisnonni ci si erano sobbarcati. Ma avevate appena incominciato a tirarvi su, a furia d'iniezioni di ellenismo, di romanesimo, di italianismo, e voi, ciechi nepoti, pieni di voi perché avevate fabbricato cannoni, attivate industrie, allineate ferrovie, presumeste scuotere quei gioghi volontariamente accettati, e voleste rifar tutto al solo ed unico lume dei vostri cervellacci. Così, raschiata in brev'ora la vernice di umanesimo applicata con tanta pena, è riapparsa in tutta la sua rozzezza la vostra mentalità originaria.

Così siete tornati a non capire la grande arte classica, e nel vostro puzzolentissimo orgoglio l'avete dichiarata inferiore. Così quando volete spiegarla a voi stessi ed agli altri, spacciate, ad onta delle vostre sterminate cognizioni scientifiche, tali corbellerie, che il più tarpano scolaretto, il più inculto uomo del popolo che ha avuto la fortuna di nascere in Italia, può rilevarle e ridere alle vostre spalle massicce.

Tal sia di voi, lanzi. Il vostro male è oramai profondo e immedicabile. Davvero non vorrò io cercarne i rimedî. Così potesse la vostra barbarie venir ricacciata, e per sempre, nelle selve originarie, dalle quali uscite ogni tanto per tuffare l'umanità in orrendi lavacri di sangue.

*

Ma il vostro morbo s'è appreso all'Italia. L'Italia ha bevuto per lunghi e lunghi anni, come nettarei farmachi, i tòssici pestiferi che voi le andavate propinando. Questo mi avvilisce e mi cruccia: e non è avvilimento e cruccio estemporaneo. E adesso, deposto lo spirito di cordiale antipatia che sinora animava le mie pagine, mi accingo a studiare il male della nostra patria, con l'ansia dolorosa di chi vede languire e sempre più estenuarsi una persona diletta.

E non è studio facile. Anche qui abbiamo un intreccio fittissimo di cause e di effetti, un corrodimento tenace e dannoso, che, esercitandosi per più di mezzo secolo nella scuola, nella cultura, nello spirito italiano, ha prodotto effetti rovinosi. Il processo deleterio fu di quando in quando avvertito da uomini di spirito indipendente; e sorsero voci di allarme. Ma troppo più numerose, arroganti, sicure, si levaron le proteste dei tedescofili; e quelle voci rimasero solitarie, furono soffocate. Nessuno tentò una vera diagnosi. La relazione della Commissione pel riordinamento universitario è opera di persone fornite di molta dottrina e di molto ingegno. Ma ha il difetto originario di tutte le relazioni: non è lavoro organico, bensì compilazione di opinioni e vedute spesso diametralmente opposte. Le singole osservazioni, prese ciascuna per sé, saranno eccellenti: messe a raffronto, risultano quasi sempre contradittorie: sicché nel complesso sembrano il discorso di un uomo cultissimo, il quale affermi che il tale oggetto è bianco, e per provarlo dimostri che è nero, e per rispondere a previste obiezioni sostenga che è verde pisello. Per giungere a qualche risultato, conviene invece raccogliere ed elaborare tutti gli elementi della discussione nel fuoco d'una sola mente. Ed è questo il tentativo a cui appunto mi accingo.

*

E dunque, il giorno in cui la patria nostra fu ricostituita a dignità ed unità di nazione, fra gli altri compiti si presentò anche quello di rianimare e riordinare la cultura languida e dispersa. Come principalissimo tramite di tale riordinamento, si presentavano, naturalmente, le Università. E quindi si procede' ad organizzare ed unificare le molte Università italiane, che, per ben cognite ragioni, erano diversamente ordinate, e s'erano andate immiserendo, dove più, dove meno, in tutte le regioni.

Stabilito il piano unico di riforma (legge Casati del 1859), emerse la necessità di crear nuovi professori. E, quasi per miracolo, si trovò un nucleo d'uomini insigni per dottrina, per ingegno, per carattere: Carducci, De Sanctis, Settembrini, Bonghi, Comparetti, D'Ancona, Amari, Villari, Bartoli (Atto Vannucci, storico insigne, e per nostra vergogna quasi dimenticato, non ebbe, ch'io sappia, cattedra universitaria).

Questi uomini non provenivano da veruna scuola tedesca. Erano tutti di fabbrica paesana. Il De Sanctis, come tutti sanno, usciva dalla Scuola del Puoti. Il poeta dei Giambi ed epodi aveva studiato dagli Scolopl. Il Settembrini s'era tirato su per avvocato, per avvocato il Bartoli, per notaio, e l'esilio gli troncò gli studî, Alessandro D'Ancona. Michele Amari era impiegato alla Tesoreria di Stato in Sicilia, Ruggero Bonghi «o bene o male, venne su da sé». Il Comparetti spiccò l'altissimo volo verso il mondo ellenico dagli alberelli e dalle teriache d'una farmacia. Alla stretta dei conti, furono tutti un po'

49

autodidatti, e si fecero, più che altro, studiando gli autori, allacciandosi alle tradizioni italiane. E ciò non ostante, nessuno vorrà dire che abbiano tenuto con poco onore le cattedre ad essi affidate.

Se non che, di alcune discipline recentissime, per esempio glottologia, sanscrito, lingue neo-latine, scarseggiavano o mancavano cultori. Ed anche per le discipline più coltivate, il numero degli studiosi era insufficiente, anche perché le Università italiane erano troppe. Erano troppe, e non si ebbe il coraggio di ridurle: germe di male, questo, che difficilmente si potrà estirpar mai dalla patria nostra.

Dunque, occorrevano professori. E l'Italia fece quello che fanno in simili occorrenze gli acquirenti giudiziosi, che ricorrono ai magazzini meglio forniti e accreditati. Né credito né merce mancavano alle Università di Germania, che da tempo erano divenute un'ampia manifattura di filologia, come con singolare chiaroveggenza osservava fin dal 1845 il Giordani, il quale, dal Bonghi in giù, vien dichiarato, da ragazzi e da non ragazzi, puro stilista, cioè puro babbione, e invece espose, in quasi ogni suo scritto, ed anche in quistioni di cultura e di studio, verità profondissime, e da meditarle anche noi modernissimi, acutissimi, profondissimamente rihegeliani. E l'Italia si provvide in Germania. E si provvide in due maniere. Togliendo di peso professori tedeschi che venissero a effonder direttamente fra noi qualche raggio del loro sapere sublime; e mandando in Germania studiosi italiani che si illuminassero alle empiree fonti di Berlino, di Lipsia, di Gottinga, e tornassero poi a darcene qualche riverbero.

E così, dal '60 in giù, ebbe luogo la organizzazione scientifica delle Università italiane; e tutte le cattedre, le antiche, le nuove e le nuovissime, furono affidate ad autentici rappresentanti del metodo scientifico. A poco a poco, la organizzazione scientifica fu compiuta. E in un suo scritto, il buon Pascoli, che era molto fino, ma in certe questioni travedeva stranamente, compiacendosi dello stato attuale della cultura italiana, osservava che oramai gli stranieri badavano anche a noi, e ci lodavano. «Oh bravi, guarda! Ci siete arrivati anche voi?» - Sí, oh buono e grande poeta, che guardavi molto i campi e poco le miserie accademiche: sí, la Facoltà di lettere nelle Università italiane è divenuta istituto perfettamente scientifico: sí, ci siamo proprio arrivati anche noi.

*

Ci siamo arrivati anche noi. Però, miei colleghi universitarî, deponete ogni male inteso amor proprio, e rispondetemi in coscienza. Diamoci un'occhiata attorno. Dopo cinquant'anni d'intenso lavoro scientifico, la scienza filologica italiana ha prodotto opere che si possano equiparare alla Storia della letteratura italiana e ai Saggi del De Sanctis, ai Discorsi sullo svolgimento della letteratura nazionale e ai cento altri studî del Carducci, alla Storia dei Mussulmani in Sicilia dell'Amari, al Virgilio nel Medio Evo del Comparetti, e ai lavori in genere del D'Ancona, del Settembrini, del Bonghi, del Vannucci, del Bartoli? - No, è vero? La risposta non può essere dubbia. Andiamo avanti.

È vero o non è vero che, ad onta di tanti perfezionamenti di metodi e di tanta folla di studiosi, ci troviamo imbarazzatissimi a cuoprire degnamente le cattedre vacanti, e specialmente quelle delle discipline più importanti, specialmente quelle di letteratura italiana, specialissimamente quelle di letteratura latina? Anche questo non saprete negarmelo.

E ditemi ancora. Quando nei concorsi alle cattedre di scuole medie abbiamo esaminato centinaia e centinaia di giovani aspiranti, dobbiamo o non dobbiamo deplorare quasi sempre che questi giovani, pure usciti da codeste nostre università filologiche scientificamente organizzate alla tedesca, non sappiano leggere con giusta pronunzia né a senso una canzone del Petrarca, non scrivere una paginetta di latino senza infiorarla di spropositi, non intendere a prima vista autori latini che i nostri padri e i nostri nonni, scolari dei preti, sapevano a memoria, interpretavano dormendo?

E quante volte, ricordate, in camera charitatis, abbiamo dovuto deplorare che nelle aule di lettere, e massime dopo il miglioramento degli stipendi, si affollino giovani che per gli studî letterarî non nutrono la menoma passione, che non leggono mai né una storia, né un romanzo, né un poeta, che non dimostrano, in genere, veruno sfavillio di pensiero: e che i giovani di più fervido ingegno corrano invece tutti alle altre Facoltà, quelle di legge, di medicina, di scienze?

E, uscendo dalla scuola, vi siete accorti che oramai professore e seccatore sono divenuti sinonimi quasi assoluti? Avete badato al fatto che gli artisti, i quali un tempo solevano vivere in fraterna dimestichezza con i dotti, adesso, al solo fiuto del professore, scappano a gambe levate? Avete mai osservato che i grandi movimenti di pensiero e di cultura avvengono, oramai, fuori dell'università, e contro l'università? E le violente ribellioni dei giovani contro la dottrina ufficiale ed accademica, ultima e più clamorosa il futurismo, le crederete davvero ispirate tutte ad ignoranza, a malanimo, ad astio, ad invidia, insomma a sentimenti ignobili, e quindi da spregiare, da non badarci, da non curarsene?

Sono sintomi gravi, cari colleghi. Tutta la cultura italiana è viziata, attossicata. E dunque, non vi rincresca, se pure avete a cuore le sorti della nostra patria, di studiare anche voi il male, di aiutare la mia ricerca. Io potrò sbagliare la diagnosi, i rimedi che suggerirò potranno sembrare inefficaci o inopportuni. Confutatemi, e riconoscerò volentieri l'error mio. Ma non cadiamo, per carità, nella solita presunzione di crederci ciascuno unico depositario della verità, e di soffocare problemi di capitale importanza, con le velate allusioni maligne, con le insinuazioni personali, con le materiali occulte opposizioni.

*

La maggior parte degli uomini chiamati, intorno al '60, a rianimare la cultura d'Italia, erano principalmente studiosi di letteratura italiana; e da persone di senno e di coscienza quali erano, incominciarono con l'esaminare le condizioni della loro disciplina, per scuoprirne le lacune e studiare il modo di colmarle. Ora, questi uomini così diversi di

51

cultura, d'ingegno, d'indirizzo, si incontrarono tutti in un punto: nel sostenere che occorreva sostituire ai metodi allora imperanti nelle università un indirizzo severamente positivo. Non parliamo del Carducci e del D'Ancona, è cosa nota; ma perfino il De Sanctis, sospetto, ingiustamente, di spregiare la precisione dei fatti, scriveva testualmente queste parole: «Gl'impazienti ci regalano ancora delle tesi e dei sistemi: sono stanche ripetizioni che non hanno più eco. La vita non è più là. Ciò che oggi può essere utile, sono lavori serî, e terminativi nelle singole parti».

E s'intende bene il perché di questa concordia. Da un lato occorreva reagire ai pessimi vezzi della cultura italiana, al fatuo rimbombo delle cattedre d'eloquenza, allo schematismo vacuo pedantesco dei puristi, alle cicalate e alla zazzera degli epigoni romantici: dall'altro molti campi ancora inesplorati della letteratura italiana richiedevano l'applicazione del metodo che dicemmo ottimo, anzi unico, nelle fasi iniziali di ciascuno studio, quello severamente filologico.

E seguirono anni ed anni di austera disciplina. Se non che, nessuno di quegli uomini perde' mai di vista alcune verità fondamentali. E cioè:

1) Che questi studî positivi avevano carattere di mezzo e non di fine.

2) Che quindi l'indirizzo positivo, ottimo ed unico per preparar materiale, non doveva uscire dal gabinetto dello studioso, il quale, e nella cattedra, e nei libri, doveva offrire una elaborazione superiore di quel materiale.

3) Che la ragion d'essere di questo indirizzo sarebbe venuta a mancare quando fosse compiuta la raccolta del materiale tutt'altro che inesauribile: che dunque tale indirizzo aveva carattere di transitorietà: che era programma di lavoro, e non poteva divenire metodo, di valore assoluto, immanente.

Ho detto che questi uomini non perderono mai di vista tali verità. Forse è più esatto dire che la coscienza intima di tali verità diresse sempre la loro attività pratica. A nessuno di loro passò mai per la mente di spacciar dalla cattedra, di raccoglier nei libri, fatti nudi e crudi, e di convincere i gonzi come fanno i tedeschi, che quei semplici fatti fossero storia, storia della letteratura, critica letteraria. E non parlo del De Sanctis né del Carducci ché sarebbe superfluo. Ma Alessandro D'Ancona, il quale passa per l'antesignano più genuino dell'indirizzo storico positivo, elaborava con ogni forza intellettuale e con ogni finezza stilistica le sue lezioni universitarie; ed ogni pagina dei suoi numerosissimi scritti è impregnata del suo simpatico, argutissimo spirito. Altro che impersonalità scientifica, signori miei!

La intima coscienza non si oscurò dunque mai. Ma negli ammonimenti teorici, seguitarono forse a predicare troppo assolutamente il verbo del positivismo storico, anche quando il periodo in cui questo tornava utile, era già trascorso. Forse occorreva già reagire alle esagerazioni del metodo, ciecamente abbracciato e seguito, al solito, dalle «più deboli forze», quando invece, nel 1883, il Graf, il Nevati e il Renier fondavano il Giornale storico della letteratura italiana, e bandivano, con rinnovata baldanza, il verbo storico positivo.

Ma questo non m'importa per ora. M'importa stabilire che il metodo storico, autorevole per quei nomi insigni, accreditato da opere eccellenti, divenne ottimo addentellato al metodo filologico scientifico, piovutoci di Germania, specialmente pel tramite della filologia classica. Se si fossero presentati così all'improvviso, senza preparazione degli spiriti, gli imperativi categorici di quel metodo si sarebbero mostrati, quali sono in realtà, e quali li abbiamo dimostrati, risibili sciocchezze. Ma gli Italiani erano già preparati da molti e molti anni di metodo storico. Questo e il nuovo metodo tedesco poterono sembrare, e non erano, rami divelti dal medesimo albero. Il metodo scientifico tedesco si innestò sul solido tronco del metodo storico italiano, attecchí, e con la fecondità delle male erbe coprí in breve tutti i campi della cultura italiana d'un fittissimo intrico di cardi, di rovi, di lappole, di pugnitopi. Ed anche in questa macchia impervia entriamo risolutamente, anche a costo di graffiarci le mani, e di lasciare attaccato alle spine qualche lembo delle vesti o della viva carne.

*

Di studiosi specialmente versati nelle letterature classiche, in Italia ce n'era in fondo uno solo di grande valore: Domenico Comparetti. E il Comparetti, un po' per l'isolamento, che esclude i contrasti e i loro fecondi risultati, un po' per il suo temperamento, non professorale, non vago di teorie, non paziente di propaganda, non si propose il problema delle condizioni e dei bisogni della sua disciplina in Italia. Per lo meno, non lo studiò con l'ardore del Carducci, del D'Ancona, del De Sanctis: tirò diritto per la sua via, ampia e luminosa. E quindi, per gli studî dell'antichità classica si andò un po' alla cieca. Si chiamarono professori e studiosi tedeschi, come una volta i principotti chiamavano capitani e soldatesche di ventura; e si mandarono, dicemmo, Italiani ad imparare in Germania, come una volta i figli di regoli barbari andavano a dirozzarsi ad Atene o a Roma.

I tedeschi chiamati in Italia non furono moltissimi: l'Italia non è la Turchia, non è la Grecia, non è nemmeno l'America; e il più elementare sentimento estetico rendeva insopportabile un professore che veniva a raccontarci i fasti di Roma, balbettando e deturpando la lingua di Dante. Non furono moltissimi, ma non furono nemmeno tanto pochi. Per rimanere solamente nel campo degli studî letterarî, ci fu un tempo in cui lo straniero che fosse venuto nella dolce Italia a studiare antichità classiche, avrebbe trovato sulla cattedra di Palermo, ad insegnare storia antica, Adolfo Hiolm. A dirigere il Museo di Bari, Max Meyer. A Roma, alla cattedra su cui aveva seduto Ruggero Bonghi, Giulio Beloch era stato chiamato dalla fiducia del governo italiano ad esporre la storia Romana. Emanuele Loewy (un gentiluomo, questi; e ce ne sarà stato qualche altro; ma ciò non vuol dire) insegnava la storia dell'arte. Adolfo Berwin dirigeva, con la brutalità d'un caporale prussiano, la Biblioteca di Santa Cecilia. La Galleria Corsini era sotto la guida di Paolo (mi pare) Kriststeller. A Torino il Müller insegnava letteratura greca. Questi, e tanti e tanti altri professori d'altre discipline, occupavano posti ufficiali, retribuiti dal governo italiano. Ma in ogni grande città d'Italia c'erano poi istituti scientifici tedeschi, formicolanti, come s'intende, di persone altrettanto scientifiche, stabili o di passaggio. Per rimanere a Roma, e lasciando stare il padre Ehrle, direttore della Biblioteca vaticana, il quale dunque operava su terreno neutro, c'erano i due grandi covi dell'Istituto storico prussiano e dell'Istituto archeologico germanico.

Del primo, non so gran cosa. Le vicende del secondo sono note anche al gran pubblico, perché se ne è parlato nei giornali. Sorse come istituto internazionale; ma con uno dei suoi abilissimi colpi di mano, la Germania se ne rese padrona assoluta. Sicché ora, sfolgorante di stonate policromie, e sempre olezzante di grassa cucina, ricetta una sceltissima falange di giovani archeologi, venuti in Roma a raffinare il gusto nativo con lo studio dei libri tedeschi; e dalla vetta solenne del Campidoglio, in bella simmetria col Monumento al Padre della Patria, attesta all'Urbe la gloria di Guglielmo imperatore e del metodo scientifico alemanno.

Nei primi tempi dell'alleanza fu sede ai dottissimi idillî degli scienziati tedeschi e italiani. Questi frequentavano la biblioteca e assistevano alle sedute: quelli scendevano per tutta Roma, e massime nel Foro, a scavare e far da padroni. Largivano anche, ai più fedeli aficionados italiani, diplomi di soci corrispondenti, ricercatissimi e gustatissimi.

Ma col tempo, il miele diventa fiele, il vino diventa aceto, l'amore diventa uggia. Un bel giorno, a dirigere gli scavi del Foro fu mandato Giacomo Boni, il quale con molto garbo chiuse le porte in faccia agli ex padroni. - «Ma noi rappresentiamo la scienza tedesca». - «E io rappresento il buon senso italiano». - Da quel giorno gli scavi cominciarono a dare i risultati che tutto il mondo conosce ed ammira.

Ma anche da quel giorno cominciarono i malumori. La cortesia teutonica si appannò d'un velo. I direttori sí, rimasero corretti verso gli ospiti italiani; ma lasciarono mano franca ad un bulldog, inserviente ma spadroneggiatore, il quale invigilava gli studiosi italiani come il gatto guarda il sorcio, e piombava su loro alla menoma infrazione ai centomila regolamenti della biblioteca. I diplomi divennero più rari: fioccarono invece restrizioni su restrizioni. Ad un bibliotecario gentile se ne sostituí da Berlino, per direttissima, uno cerbero. E ad ognuno dei menomi incidenti agrodolci a cui dette origine la politica un po' oscillante degli ultimi anni, partiva dall'Istituto la minaccia di chiudere la biblioteca agli studiosi, e il rimprovero di ingratitudine agli Italiani, perché, avendo quel po' po' di agevolezza di poter usufruire d'una tale biblioteca, non erano abbastanza pronti a curvar la schiena ad ogni beneplacito del divo kaiser e dei suoi rappresentanti di Roma.

Dicevano proprio così. È cosa enorme, e pur vera. I tedeschi sono venuti qui da noi per secoli e secoli a sfruttare le nostre biblioteche, le nostre gallerie, i nostri musei e i nostri scavi. Hanno ristampato i nostri classici, riprodotti i nostri quadri e le nostre statue, ed hanno sparpagliato le edizioni e le riproduzioni per tutto il mondo, e specialmente in Italia, e ci hanno convinti che il popolo geniale non erano gli Italiani che avevano create quelle opere, bensì i tedeschi che le riproducevano. Con le riproduzioni hanno fatto fior di quattrini; e fior di quattrini hanno fatto esercitando, legittimamente ed illegittimamente, il commercio delle nostre antichità. Ma il semplice concederci l'uso di una loro biblioteca, era tal servigio da poterlo compensare solamente il nostro più assoluto vassallaggio. E quando al vassallaggio ci cominciammo a ribellare, ancora assai prima che scoppiasse la guerra, le porte di quel paradiso archeologico furono infine inesorabilmente chiuse ai reprobi Italiani. E chiuse restino, e non si riaprano mai più. E speriamo che quel goffo baluardo teutonico, e l'annesso palazzo dell'ambasciata, nelle cui sale si pompeggiano, dipinte a fresco, le gesta d'Arminio, e si erge, pronto a ricevere l'incommensurabile kaiser, il rutilante trono imperiale, spariscano una volta per sempre dal Campidoglio, che dovrebbe essere per noi sacro, e fieramente conteso al calpestio di ogni piede barbarico.

E accanto agli istituti c'erano poi sciami di tedeschi «scientifici» che venivano ad appollaiarsi sol suolo di Roma. Chi erano? Donde venivano? Perché non cercavano un posto in patria? Come campavano?

E chi lo sa? Piombavano a Roma con certi visi patiti, si strofinavano alle porte dell'Università, facevano la corte a professori, a giornalisti, a uomini politici, piangendo miseria, piatendo un posto qualsiasi, tanto da poter vivere qui a Roma, ché in Germania c'erano troppo freddo e troppa concorrenza. Ma anche se non carpivano il posto, rimanevano lo stesso, e si ficcavano nella società, scientifica e non scientifica. E dopo qualche mese, si fabbricavano ciascuno il suo bravo villino, attiravano gente, tenevano circolo, predicavano la grandezza della Germania, miagolavano le cantate di Bach, mettevano su cattedra, vera cattedra, non metafisica (Amelung), per consolarsi di quella non potuta espugnare all'Università.

Come campavano? - E chi potrebbe dirlo? Di qualcuno s'è poi risaputo, che, convinto di vergognose speculazioni di cimelî archeologici, dove' in fretta e furia lasciare i posti e restituire le onorificenze ottenute dalla dabbenaggine del governo italiano. Ma gli altri, la maggior parte, rimanevano enigmatici come tanti cavalieri del San Graal scientifico. - Mai devi domandarmi! - E il governo italiano, Machiavelli o non Machiavelli, si guardava bene dal curiosare.

Il danno prodotto dalla invasione di queste cavallette filologiche fu enorme. Ma forse anche più grande fu quello che arrecarono, in buona fede, gli Italiani andati ad intedescarsi in Germania. E lo vedremo nel prossimo articolo.

VI.

LA FILOLOGIA DI VENTURA

«Plutarco era un gran cretino!» - Queste parole, scandite con incertezza fonica e con pretta sicumera teutonica, mi percossero in pieno petto la prima volta che io, giovinetto, misi piede nelle aule dell'Università di Roma. Le pronunciava Giulio Beloch, chiamato dalla acefala Minerva, che presiede alle sorti dell'istruzione pubblica, ad insegnare storia antica a giovani d'Italia. E mi diedero subito una chiara visione della nobiltà di sentimento, della elevatezza di forma che dovevano aleggiare in quella scuola sacra alle rievocazioni classiche, e, dunque, anche italiche: Plutarco era un gran cretino!

Nel mio ultimo articolo, a proposito dei professori tedeschi piovuti ad insegnare in Italia, tentai il confronto coi soldati di ventura che una volta scendevano d'Alemagna per rialzare le sorti di questo o quel signorotto d'Italia: né penso di dover abbandonare tale confronto.

E infatti, se esiste verità apodittica, questa è che ciascun popolo deve conservare gelosamente i suoi segni specifici, quelli per cui si distingue da tutti gli altri popoli, ed afferma il proprio carattere. Quindi, a rinnovare, a rinsanguare la cultura d'un paese, conviene, sí, strappare i germi maligni, ed anche tentare prudenti innesti da piante esotiche; ma occorre innanzi tutto ricercare amorosamente tutti gli antichi virgulti e gli antichi germi calpestati e imbozzacchiti, e risollevarli e rieducarli con ogni sollecitudine: occorre studiare a fondo la mente, il carattere, i costumi del popolo, per vedere quali forme di cultura gli convengano e possano riuscirgli utili, quali invece disutili o addirittura deleterie. Ora, questa è opera di devozione, d'amore, opera di figli: la compierono, in Italia, Giosuè Carducci, Francesco De Sanctis, Alessandro d'Ancona, tutti gli altri uomini insigni di cui discorsi nell'ultimo articolo.

Ma si poteva pretendere, era ragionevole sperare che si sobbarcassero a tale bisogna professori tedeschi spinti sino a noi dalla plètora scientifica che inturgidiva le loro università, o mandati con una missione di fiducia dal governo del kaiser? Santa ingenuità di tanti che se la bevvero! Nella migliore ipotesi, si limitavano a travasare frigidamente nei vasi di coccio italiani quel po' po' di panacea che da un pezzo, come vedemmo, andava inacidendo nelle ferree botti d'Alemagna. Nella peggiore, erano spioni camuffati da «persone scientifiche» che, grazie al sèsamo apriti della filologia berlinese, intrufolavano il grifo in tutti i ripostigli, scientifici e non scientifici. Nel maggior numero dei casi, esercitavano quella forma media di spionaggio, inventata e praticata con entusiasmo da tutti i nipoti di Lutero, e che si esplica nel render convinta ogni persona della supremazia unica ed assoluta della scienza tedesca, della politica tedesca, della vita tedesca: nello iniettare in tutti gli spiriti la persuasione che la somma felicità di tutte le creature umane consisterebbe nel divenire scimmie dei tedeschi e tributarie del kaiser. Natural corollario di questa cavalleresca propaganda, era, come

56

s'intende, lo svalutamento di quanto fosse italiano. Le Pleiadi - direbbe Pindaro - non possono rimaner lungi da Orione.

Tutti i tedeschi, abbiamo detto, s'adoperavano a questa santa predicazione; ma s'intende facilmente qual pulpito prezioso dovesse essere una cattedra scientifica! Abbiamo visto, negli scorsi articoli, come i tedeschi, grazie al metodo filologico, avevano dimostrato, fra tante altre belle cose, che la nostra famosa romanità, in ordine civile e giuridico valeva assai poco, in ordine artistico e letterario, zero. Dal momento che queste erano verità indiscutibili, acquisite alla scienza, come il fatto che idrogeno più ossigeno fa acqua, era non solo lecito, bensì doveroso insegnarle dove che fosse: dunque, anche in Italia, anche a Roma.

Ora lasciamo stare che codeste famose verità erano invece asinerie e menzogne degne di frusta e di capestro. Ma anche se avessero racchiuso qualche parte di vero, conveniva proprio lasciarle predicare sopra una cattedra italiana da un professore straniero? Avrei un po' voluto vedere come i tedeschi avrebbero conciato un professore italiano, il quale fosse andato, poniamo, a Berlino, a dimostrare che Martin Lutero era uno sporcaccione, e che le qualità predominanti dei tedeschi sono la brutalità, la caparbietà, e la tontaggine! Se non che la bonarietà degli italiani è, come la misericordia di Dio, senza fine; e la sozza propaganda fu tollerata: perché alla menoma obbiezione, Giulio Beloch, per esempio, rispondeva che l'università era il «tempio sereno della scienza pura».

Giulio Beloch, peraltro, meriterebbe un monumentino di riconoscenza nazionale. Ecco perché.

A codesta opera di esaltazione della germanità e di svalutazione del latinesimo, nessun pulpito, come ho detto, era meglio adatto d'una cattedra universitaria. I giovani, si sa bene, e massime i più ribelli, sono molli e plasmabili come cera; e un professore tedesco o tedescofilo, razza prolifica come gli insetti nocivi, ha presto fatto di mettervi al mondo una nidiata di tedeschini. E questa opera deleteria si può compiere alla chetichella, senza menare scalpore, magari cuopreudosi con un costellato manto d'italofilia. Le parole volano, e specialmente volano le parolette gittate là, a caso, con qualche droghetta d'ironia alemanna, fra l'una e l'altra dimostrazione scientifica.

Le parolette volano, ma gli articoli restano. E l'egregio Giulio Beloch, prototipo per eccellenza della professoraggine tedesca in Italia, si lasciò trascinare una volta a scrivere un articolo.

Ed ecco come. Un bel giorno, lontana essendo ancora la guerra, influendo ancora gli scienziati di Berlino, come del resto influiscono tuttora, vergognosamente, perfino sulle attribuzioni di cattedre universitarie italiane, qualcuno pensò ad affidare a Guglielmo Ferrero una cattedra di storia romana in Roma: vicino, dunque, a Giulio Beloch.

Giulio Beloch fiutò subito i non lievi pericoli d'un confronto, fra lui storico scientificissimo e soporiferissimo, e un giovane italiano che forse era meno scientifico, ma coi suoi libri di storia aveva saputo interessare il mondo. E corse ai ripari. Corse ai ripari, scrivendo un articolo polemico: e così avviene che nella Rivista d'Italia 1911, 15 dicembre, si trovi conservato il più bel documento, lucido, meridiano, definitivo, della mentalità professorale tedesca, in sé, e nei suoi rapporti con la nostra grama Italia. Proporrei che se ne tirassero a spese del pubblico erario cento o duecentomila copie da distribuire alle persone culte d'Italia, aggiungendovi come appendice la risposta che a volta di corriere (gennaio 1912), gli fece, nella medesima rivista, Ettore Pais.

Lo scritto di Ettore Pais è un piccolo capolavoro di forza logica e d'umorismo. L'immagine del gatto e del topo ha la barba lunga parecchie spanne; ma leggendo questo scritto, non riusciamo a discacciarla dalla nostra fantasia.

Beloch è proprio il povero sorcio, un sorcio tedesco, per giunta, impacciato quanto lurco: Pais un gatto dalle unghie affilatissime; e si diverte per pagine e pagine, costringendolo ai più strani ed inaspettati capitomboli.

Rimando il gentile lettore all'articolo del Pais, assicurandolo che sarà ampiamente compensato del breve disagio di cercar la rivista; ed espongo in brevi parole il perfido ed esilarante scritto di Giulio Beloch.

*

«C'è qualcuno - dice Giulio Beloch - che vorrebbe offrire una cattedra di Storia Romana a Guglielmo Ferrero. Ma se la cosa dovesse avvenire, gli studî di storia antica ripiomberebbero nello stato in cui si trovavano una ventina d'anni fa.

«Una ventina d'anni fa - riferisco alla lettera le sue parole - la scienza storica italiana era tanto screditata, che all'estero non si teneva conto alcuno dei lavori di storia antica pubblicati di qua dalle Alpi.

Invece in questo momento l'Italia tiene il primato nel campo della Storia romana.

E come ha conseguito questo primato?

L'ha conseguito mediante quattro lavori. Cioè:

1) La Storia romana di Ettore Pais, il quale è scolaro di Mommsen.

2) La Storia dei Romani del De Sanctis.

3) Due volumi di Giovanni Costa, che raccolgono e vagliano criticamente tutto quello che è necessario per preparare una edizione dei fasti consolari di Roma.

4) Uno scritto di Prospero Varese, che pone su una nuova base (non accettata, per quanto io sappia, da nessun competente) la cronologia della prima guerra punica».

Siccome poi il De Sanctis, il Costa e il Varese sono scolari del Beloch, è logico ed onesto aggiungere un quinto paragrafo, quinto d'ordine e primo di valore: la Scuola di Giulio Beloch.

Ora, Ettore Pais è, senza iperbole, un colosso. Il De Sanctis è uomo d'immensa dottrina, d'acume straordinario, d'attività prodigiosa. Onde, se il Beloch, dovendo scegliere i luminari della scienza storica in Italia si fosse attenuto solamente ai loro due nomi, si sarebbero potute, senza dubbio, deplorare parecchie omissioni; ma non si sarebbe potuto gridargli la croce addosso.

Ma gli altri due eletti dal Beloch a completare il quartetto, erano giovani appena usciti dalla università, e quei lavori, le loro tèsi di laurea. E lasciamo stare che «i loro metodi e i risultati ottenuti non sono giudicati favorevolmente dai più autorevoli rappresentanti della stessa loro scuola» (Pais, articolo citato). Erano, ripeto, giovani, e ben si poteva sperare che facessero, in seguito, qualche cosa di buono. Ma quando due ragazzi e due speciali lavori di laurea vengono citati come documenti del primato dell'Italia negli studî storici nell'anno di grazia 1911, allora il più modesto cultore di studî dell'antichità doveva domandarsi:

«Corpo di Bacco, ma che cosa hanno fatto, dunque, tutte quelle brave persone che occupano cattedre universitarie, e che si sono procacciata bella fama negli studî di storia antica? Che cosa hanno fatto Giacomo Boni, Rodolfo Lanciani, Ettore De Ruggiero, Dante Vaglieri, Luigi Cantarelli, Iginio Gentile, Attilio De Marchi, Oberziner, Cocchia, De Petra, Pirro, Columba, Ciaceri, Niccolini, e, passando al diritto, che è tanta parte della storia romana, che cosa hanno dunque fatto Vittorio Scialoia, Carlo Fadda, e il Bonfante, il Pacchioni, il Costa, il Riccobono? Questi bravi signori, evidentemente, hanno scroccato fama e prebenda, se tutto il loro lavoro, per mole almeno, gigantesco, deve cedere il passo, che dico, deve senz'altro andare eclissato dinanzi alle dissertazioni di laurea di due ragazzi!»

Ma, lettor mio buono, quei due ragazzi uscivano dalla scuola del Beloch, dunque erano di fabbrica tedesca. Di fabbrica tedesca erano anche, secondo il Beloch, sebbene erano e sono italianissimi, il De Sanctis e il Pais, scolaro del Mommsen. Dunque, se l'Italia ha conseguito il primato negli studî di storia antica, gli è che un italiano s'è andato a perfezionare nel paese della birra, e un tedesco è venuto a insegnare nel paese del vino. Gli altri, senza bollo tedesco, sono un branco di ciuchi.

Che questo ragionamento lo facesse un tedesco, nessuna meraviglia. Un asino spalanca il gorgozzule, non chiedetegli un trillo di rosignolo. Avrebbe invece potuto far meraviglia che codeste castronerie si trovi in Italia una rivista che le stampa, gonzi che se le bevono, succubi intellettuali che le applaudono e fanno la corte a chi le ha scritte.

*

Avrebbe potuto e potrebbe far meraviglia: ma non fa a chi conosca da vicino il feticismo per la Germania che imperava e che impera tuttora, per quanto opportunamente larvato, nelle nostre università. Mi sono un po' seccato delle documentazioni; e siccome documentazioni di tal fatta si rinvengono a prima vista negli scritti di qualsiasi universitario, stralcio dai miei ricordi personali qualche aneddoto ameno.

Tizio, discepolo, in una discussione di laurea, riferisce a Caio, suo esaminatore e filologo di grido, certe argomentazioni illogiche, al solito, e puerili, di un qualsiasi Eselkopf alemanno. Caio fraintende, crede che le suddette argomentazioni siano di Tizio; e, siccome fuori della filologia è persona di buon senso e di mente acuta, ne riconosce la goffaggine e la puerilità, e le combatte con finezza e con arguzia, divertendocisi, senza badare alle proteste di Tizio. Il quale, solo dopo l'intera confutazione riesce a far intendere che quegli argomenti non sono suoi, bensì di Eselkopf, e che egli anzi vuole confutarli. Momento di silenzio imbarazzato: e poi, incredibile se non l'avessi udito con le mie orecchie, gli argomenti di Eselkopf sono accettati come assiomi, e confutata animosamente la confutazione di Tizio.

Un altro filologo, a un giovine che gli ha inviato un volume di cinque o seicento pagine, risponde: «Ho letto con piacere il suo diligente lavoretto. Ha consultato l'opera del Wilamowitz?» (saranno state una dozzina di pagine sí e no).

Terzo ed ultimo aneddoto. Ad un esame, uno scolaro dice che sotto l'apparenza scherzosa le satire d'Orazio nascondono un contenuto serio. E il filologo professore, perentoriamente: «Un tedesco le ha chiamate eine lachende Satir». Capite? Mica Buecheler, o, che so io. - UN TEDESCO. Tanto nomini nullum par elogium. - E per non essere bocciato, lo scolaro dove' striderci.

*

Ma - interrompe a questo punto l'arguto lettore, - e che razza d'uomini erano quelli invasi da così cieco fanatismo? Asini? Citrulli? Procaccianti?

Neanche per sogno. Erano, tranne qualche eccezione, uomini di gran coscienza, di molta dottrina, e spesso non privi di un certo gusto letterario. Se non che erano intossicati sino alle midolla dai batterî della Filologia scientifica, che ho isolati e studiati a lungo nel corso dei miei articoli.

E poi, c'era anche un'altra ragione, d'indole non interamente intellettuale, bensì pratica; ma non però meno efficace e spiegabile.

Gli studiosi italiani che dal '70 all'80 circa si recavano in Germania, lasciavano un paese dove gli studî erano tenuti in pochissimo conto, gli studiosi remunerati poco o nulla, le biblioteche sprovviste, le facoltà universitarie incomplete o addirittura informi. E in Germania trovavano invece una organizzazione perfetta, cattedre per qualsiasi ramo dello scibile, scuole di magistero, biblioteche ricchissime, ordinatissime, larghissime nei prestiti, bene illuminate e ben riscaldate.

Il professore italiano, si chiamasse pure Giosuè Carducci o Francesco De Sanctis, era in Italia un povero diavolo, che abitava al quarto piano, in un quartiere fuori mano, magari operaio, dentro una casuccia meschina, sguernita, spesso fragrante di cucina e sonora di querele e di risse puerili.

Ed Herr Professor, fosse pure uno impermeabile zuccone, abitava un villino suo, sopra un declivio aprico, con un giardino a roseti e viali di ghiaia, dove scherzavano bimbi rosei, biondi, paffuti, nettissimi. Apriva l'uscio una correttissima Fräulein (possibile fosse una cameriera?) in attillato abito nero. E per una sfilata di ampie stanze ben mobiliate, tra una fresca fragranza di atomi resinosi, il povero neofita italiano (il pidocchioso italiano, come ci chiamano i tedeschi nei momenti d'intimità affettuosa), giungeva nel sancta sanctorum, cioè nello studio di Herr Professor: due, tre stanze, con magnifici scaffali, libri con rilegature di gran lusso, busti, fiori, quadri e diplomi per le pareti, secondo i gusti, il busto dell'imperatore; e in un angolo, serio ed impassibile come un automa, il segretario, che ricopia a mano o a macchina le lucubrazioni di Herr Professor.

E chi poteva essere quello spirito indipendente, quello straccione filosofo, quel protervo buddista, che dinanzi a tanta magnificenza osasse proporre a sé stesso l'irriverente quesito se per caso, ad onta di così rutilante allestimento scenico, Herr Professor potesse essere un solennissimo lavaceci?

Arrogi che Herr Professor, venerato dagli studenti e dai cittadini come un Indigete, era in genere cortese ed accogliente verso l'umile ospite: sicché questi vedeva riverberato sopra la sua misera persona qualcuno dei raggi che sprizzavano dalla calva fronte e dai lucidi occhiali del dotto alemanno. Arrogi tutti gli elementi della cultura extra-scolastica, riviste, teatri, concerti, gipsoteche, gallerie, facili, a portata di mano. Arrogi una vita scrupolosamente ordinata, come conviene agli studiosi, una sapida cucina, un confortevole riscaldamento. E tu vedrai, paziente lettore, come al povero studioso che giungeva dal disordine e dalla incuria italiana, la Germania apparisse come la vera patria dell'aspirante alla cattedra universitaria.

E quasi tutti erano giovani, negli anni in cui l'animo si protende avido e duttile per ricevere le impressioni che rimarranno poi incancellabili. Tali impressioni, per questi uomini, si inquadrarono in sagome tedesche. E la immagine del primo amore, che non vanisce mai dall'anima umana, anzi la improntra della sua luce per tutta la vita, ebbe per essi le gote rosee e le chiome bionde d'una sentimentale Margherita.

Ora intenderete bene come tutti i giovani studiosi che trascorsero in Germania gli anni del loro noviziato scientifico, tornati qui in Italia, guardassero poi sempre alla Germania come al paradiso, all'eldorado, al paese di cuccagna degli studî, e vagheggiassero il sogno di costruirne in Italia uno simile a quello. Più piccino, s'intende, ma perfettamente uguale in ogni sua parte. E per riuscire a tale costruzione, occorreva dunque non perder mai di vista l'originale, il modello da copiare. E così fecero quelle brave persone; e così dissero che bisognava fare ai loro scolari.

Dunque, le intenzioni erano buone: la condotta di quegli uomini era coscienziosa e umanamente spiegabile.

E riuscì fatale alla cultura italiana.

VII.

LA SELEZIONE ALLA ROVESCIA

Quando in Italia si procede' al riordinamento degli studî classici, la raccolta e l'epurazione del materiale, non solo per i grandi autori, ma anche per i minori e per molti dei minimi, attraverso le grandi trafile dei periodi filologici che abbiamo esaminati (cap. II), erano già compiute: anzi si poteva scorgere qua e là qualche sintomo del decadimento, che s'è poi manifestato, dovuto alla manía di far qualche cosa di nuovo dove tutto era già stato fatto.

E perciò sarebbe stato perfettamente inutile che gli Italiani ricominciassero questo lavoro per proprio conto. Essi avrebbero dovuto piuttosto profittare di quel materiale, elaborarlo secondo la propria indole, e dare al loro paese tutto quanto mancava nel campo della cultura classica: ristampe corrette di classici, classici commentati, traduzioni di tutti gli autori, lessici, studî generali e speciali intorno alla letteratura, la storia, la filosofia greca e latina.

«Un momento - m'interrompe qui un puro filologo - . Gli eroi della filologia alemanna erano andati ben oltre il semplice lavoro di preparazione. Essi avevano anche date alla patria tedesca tutte quelle ulteriori elaborazioni, tutti quei lavori di sintesi che voi avreste vagheggiati per la patria italiana. Dal momento che, come voi dite, avremmo dovuto servirci del loro lavoro analitico, perché non profittare anche delle sintesi? Era più comodo e sbrigativo».

Adagio, signor mio. La prima parte, dico la preparazione del materiale, cioè la bisogna strettamente filologica, è realmente opera di carattere oggettivo; sicché, salvo imponderabili differenze, tanto vale la edizione critica d'un tedesco, quanto quella d'un francese. Ma in ciascuna ulteriore elaborazione entrano subito in folla elementi fortemente soggettivi: il gusto, il sentimento, la passione, in una parola quel complesso di doti che costituiscono il carattere specifico, vuoi d'una persona, vuoi d'una stirpe: complesso ineliminabile, senza il quale nessuna opera di pensiero sarà mai altro se non grama tediosa compilazione. Ora quei libri, composti bene, e spesso benissimo, per la patria tedesca, non potevano convenire, e non convengono infatti, a cominciar dagli ottimi, alla intelligenza, al carattere, al sentimento italiano. E quali insidie possano poi nascondersi in simili travasamenti, fu ben mostrato da Aldo Sorani, con l'esempio di certi volumetti fatti tradurre dal tedesco in italiano, a edificazione dei giovani e delle persone culte, da quei filologi medesimi che reclamano la originalità del lavoro italiano nelle trascrizioni dei codici. In uno di quei volumetti, per non citar che un esempio, si insinua con molto garbo che l'impero tedesco è il legittimo erede del potere della saggezza e del gusto di Atene e di Roma.

Torniamo a noi. Gli studiosi di cose classiche avrebbero dovuto in Italia dedicarsi a questa ulteriore elaborazione. Ad essa li esortavano la opportunità del momento, la nativa attitudine degli Italiani, meglio disposta alla sintesi che non alla semplice analisi, e infine i grandi precursori, dal Poliziano, al Leopardi, al Foscolo; i quali tutti, e coi precetti, e con l'esempio, insegnarono che precipua dote dello studioso di cose classiche dev'essere, non la pazienza, dichiarata dai tedeschi requisito supremo del filologo, bensì il fine intuito letterario.

Ma i valentuomini chiamati allora a riformare, a dirigere tali studî, erano infatuati, imbevuti, intossicati sino all'intime fibre di germanesimo e di metodo scientifico. Scientifico è, vedemmo, secondo i novissimi filologi, solo l'appuramento di fatti precisi, per quanto minimi e in apparenza trascurabili. E però, stringi stringi, vennero dichiarati scientifici solo i lavori di questo genere:

1) Trascrizioni di codici (magari fotografie: anzi, più scientifiche, perché più fedeli).

2) Collazioni dei medesimi.

3) Cataloghi (anche spropositati).

4) Discussioni e accertamenti di fatti singoli, purché «ben limitati; perché tanto più è limitato, e tanto più chiaro riesce il campo d'osservazione». Microcefalico, ma testuale.

5) Congetture. Questa è la più gran fabbrica di mulini a vento. Ma era di gran moda in Germania, e strideteci.

Questi dunque, ed altri di tale risma, lavori scientifici: gli altri tutti, dove bisognasse far lavorare un po' il cervello, bollati in blocco come fantasticaggini, castelli in aria, esercitazioni da dilettanti.

Ora, poiché la maggior parte, anzi, tutti quelli che in Italia si dedicavano a tali studî erano, come tuttora sono, persone che debbono guadagnarsi il pane quotidiano; poiché dinanzi a loro non c'era aperta altra via se non la cattedra; poiché, infine, per giungere alla cattedra, bisognava passare sotto le forche caudine di esaminatori scientifici, i quali nel giudicare i titoli non sempre sapevano fare astrazione del genere, e giudicare il valore intrinseco: ne venne, ineluttabile conseguenza, che tutti questi studiosi, convinti o non convinti, si diedero anima e corpo alla sedicente produzione scientifica, trascurando l'altra; che, o mancò assolutamente, o rimase affidata a mestieranti.

Uno dei corollarî pratici di tale uniforme indirizzo fu che la scuola italiana, sino ai nostri giorni, rimase sprovvista quasi interamente di strumenti proprî, e dove' dipendere dalla Germania. E adesso che, se Dio vuole, le vie della Germania sono chiuse, ce ne siam dovuti accorgere.

Ma questo sarebbe il meno. Gli è che codesto cieco esclusivismo, con un sottilissimo ingranaggio di cause e d'effetti, condusse ad una strana svalutazione dell'ingegno italiano, agli occhi degli stranieri, e agli occhi nostri medesimi. Esaminiamo anche questo processo.

Il così detto metodo scientifico, fu, come vedemmo, invenzione tedesca. Esso si adattava perfettamente, senza una grinza, alle loro facoltà di formiche: onde nel maneggiarlo sono e rimarranno sempre superiori a tutti; ma meno di qualsivoglia popolo riusciranno ad emularli gli Italiani, immaginosi, nervosi, insofferenti. Essi invece si lasciarono scioccamente indurre alla impossibile gara. E poiché la loro inferiorità riuscì più che tangibile, con la loro morbosa prontezza a denigrar sé stessi, si affrettarono a riconoscerla. I tedeschi presero atto, con benevolo sussiego.

Anche più palese fu la miseria dei risultati. E questa, oltre che dalle minori attitudini degl'Italiani, derivava necessariamente da un'altra ragione. Come abbiamo già detto, quando l'Italia fu spinta nel nobile arringo della filologia scientifica, il meglio del lavoro era già compiuto. Le vigne erano state già vendemmiate, s'era fatta anche la ribrúscola. Non rimaneva che qualche acino qua e là, sfuggito agli occhi líncei delle spigolatrici. Fruga fruga, i poveri Italiani trovavano poco o nulla. Onde, in quella cinquantina d'anni che durò questo travaglio da pitocchi, gl'Italiani, paragonando alla produzione veramente colossale della filologia tedesca quel pochissimo che riuscivano a mettere insieme, si sentivano striminzire, sentivano via via germinare in fondo al caro cuore lo scoraggiamento e la disistima di sé medesimi, e giganteggiarvi sempre più l'ammirazione per gli eselkopfiani.

«Non siamo ancora abbastanza scientifici! - badavano pertanto a gridare i maestri. - In Germania, in Germania! Lí sono le uberrime fonti del sapere!». I poveri neofiti sgobbavano, vincevano le borse di perfezionamento, correvano in Germania, facevano ogni sforzo per intedescarsi. Ne ho conosciuto qualcuno che, non miope, inforcava occhiali di puro vetro, non calvo, si radeva la zucca a fil di rasoio, per somigliare anche nell'aspetto ad un filologo tedesco. Ma tutto era inutile. Qui, dove fiorisce il mirto, la filologia scientifica non si acclimava. Veniva su stentata, cachettica, con le fibre attossicate.

Herr Eselkopf, per quanto benevolo, non poteva non accorgersi di tanta miseria. Non ritirò l'augusta sua protezione, ma trattò i famuli di qui e la loro produzione col massimo disprezzo. Tutti i sassolini fan brodo (son proprio brodi di sassolini): ma quelli italiani, Eselkopf non li raccattava neppure. Vo' dire che i filologi tedeschi, pur proclamando che «bisogna tener conto di tutto», dei lavori scritti in Italia non tenevano il menomo conto, anzi si guardavano bene pur dal citarli. E i filologi italiani talvolta strepitavano un po'. Ma come i cúccioli, che guàiolano lí per lí alle legnate, ma finiscono per ritenere dotato di poter sovrumano chi glie le ha appioppate sul groppone.

*

Questo per la produzione. Nelle aule delle Facoltà di lettere il metodo scientifico produsse poi un effetto deleterio, allontanando dagli studî letterarî quei giovani appunto che a tali studî avevano inclinazione e reali disposizioni.

I giovani che si presentano nelle Facoltà di lettere si dividono nettamente in due categorie.

1) Quelli dotati di reale passione per gli studî letterarî.

2) Quelli che mirano al diploma, e basta.

I primi, ebbri del giovanile amore per l'arte e per la poesia, che nel cuore degli eletti avvampa con più furia di ogni altro amore, vengono alla Università a chiedere una parola di luce, a chiedere la rivelazione d'un mondo appena intravisto nelle scuole secondarie. Nel Liceo, pensano, tutto è necessariamente monco, superficiale, annegato nella miseria scolastica. Ma nell'Università tutto sarà elevatezza e fulgore. Qui spazieremo infine a nostro agio, dietro le orme di guide sapienti, nei giardini meravigliosi, nelle foreste incantate della poesia e della storia. Qui apprenderemo, infine, a cogliere la magica poesia d'un inno di Pindaro, la ermetica saggezza d'un canto di Lucrezio, la luce armonizzata d'un canto del Paradiso. Il loro cuore trepida come quello dei Coribanti sulla soglia del santuario.

Entrano nel santuario, e che cosa trovano? O, per meglio dire, che cosa trovavano, poiché il metodo scientifico ebbe stesa in tutte le Università la ferrea tirannide che oramai, per fortuna, da qualche anno in qua, comincia a vacillare?

Ahimè! Un soporifero semibalbuziente, per cinque o per dieci lezioni, attraverso un formicolio di nomi e di opinioni tedesche, stillava frigidi sudori per decidere se convenisse dire Virgilio o Vergilio, Marco Accio Plauto o Tito Maccio Plauto. E questa era la letteratura latina.

Un altro consacrava un anno intero per allineare tutte le opinioni, e abbiamo detto quanto possano concludere, schiccherate dai perdigiorni tedeschi e seguaci intorno alla famigerata questione omerica. Omero magari non si leggeva. E questa era la letteratura greca.

Un terzo dettava da qualche suo scartafaccio, per un anno o due, schemi metrici copiati da qualche codice inedito, o impiegava qualche lezione a stabilire se il tal poeta fu battezzato il 14 a sera o il 15 mattina. Questa si chiamava letteratura italiana.

Un quarto, e poi basta, ché anche il ricordo mi nausea, vi metteva sotto il naso qualche cronicaccia medievale, e vi faceva trascorrer l'anno a leggiucchiare e tentare emendamenti del testo spropositatissimo. Quando per un paio d'anni avevate ingoiata simile bigutta, par di sognare, ma vi assolvevano ad insegnare storia moderna.

Il povero neofita cascava dalle nuvole. E vuoi subito, vuoi dopo qualche vano tentativo di resistere a quel martirio, fuggiva per disperazione le aule soporifere. E a mano a mano, tale aureola di papavero ebbe circondate le Facoltà di Lettere, che i giovani d'ingegno neppure le cercarono più, ma tentarono lor ventura in plaghe meno paurose, nella libera letteratura o nel giornalismo: e formarono, e formano tuttora, un nucleo di cultura interamente separato dal mondo universitario.

Ora poi, mentre i giovani forniti di attitudini artistiche e letterarie venivano a mano a mano dissuasi o respinti dalle Facoltà di Lettere, gli altri, quelli del diploma, venuti senza reali attitudini, e, del resto, senza neppur presunzione d'averne, si trovarono d'un tratto a sentirsi cresciuto, come per miracolo, il più pronunciato bernoccolo per la letteratura scientifica. Molti che nel Liceo ce la sfangavano sí e no, col minimo dei punti, che stentavano a legger correntemente un brano di latino, detestavano i poeti greci, sudavan freddo a mettere giù una paginetta d'italiano e a leggere a garbo una terzina di Dante: tutti questi ragazzi si trovarono come confezionati apposta da Domeniddio per gli studî universitarî. Riveder codici, frugacchiare archivî, stender cataloghi, allineare le opinioni altrui, respingere come dilettantesimo ogni velleità di gusto, ogni aspirazione artistica, erano mestieri che parevano inventati apposta per loro. Ci si buttavano a corpo perduto, c'ingrassavano a vista d'occhio. E non vi so dire se i professori scientifici, sempre più inaciditi via via dal palese abbandono in cui li lasciava intanto il mondo culto non accademico, tenevano cari quei docili apostoli. Li accoglievano, li tiravano su a bricioline e pillole di severità metodica, li assolvevano dottori, e poi cominciavano ad arrabattarsi e mestare per procurare ad essi il viaggio di perfezionamento a Gottinga, la cattedra di Liceo, la cattedra, poverini, d'Università. Erano, sí, un po' ridicoli e scocciatori; erano svaniti di molto e cacasenni; ma anche erano, càttera, i puri rampolli del buon seme scientifico, quello procurato in Germania. E a suo tempo avrebbero spigato altri cacasennini più piccinini, ma sempre a loro immagine e somiglianza. E così finalmente la filologia italiana sarebbe divenuta davvero e per sempre, quali essi la vagheggiavano, tritume, polverume, poltiglia di parolette. E le facoltà di lettere si avviavano gloriose e trionfanti al rimbambimento completo.

Aggiungiamo súbito che non ci sono arrivate e non ci arriveranno mai. È ben difficile che dall'Italia vada assolutamente in bando il buon senso. Reazioni sursero qua e là, alcune ebbero buon esito, molte ridicolaggini furono proscritte. Tuttavia è indiscutibile che nel loro complesso le Facoltà di Lettere italiane sono tuttora infeudate ai metodi, e ahimè, purtroppo, ai professori tedeschi. Anche ora, in tempo di guerra, l'atto d'autorità d'uno di quei padreterni squinternati, conta, agli occhi delle «persone serie», più che non le logiche argomentazioni e gli incontestabili documenti d'un povero diavolo italiano.

Così dunque, per anni ed anni, si venne esercitando, nelle Facoltà di Lettere, una vera selezione alla rovescia. Allontanati gli eletti, furono allevati con gran cura quelli negati all'arte e alla letteratura; i quali, o bene o male, formarono dunque un gruppo a sé, il gruppo che diremo classico-scientifico, recisamente opposto all'altro, che diremo letterario artistico. Fu un vero scisma. E, naturalmente, le due parti si guardarono in cagnesco.

*

Questa scissione implicò uno snaturamento profondo degli studî, dell'arte, della mente italiana.

Pensate un po', infatti, al tipo del letterato italiano, quale, delineatosi fin dagli albori della nostra vita nazionale, s'è poi mantenuto sino agli ultimi tempi. Dante scrive trattati teorici di letteratura, di lingua, di politica e di scienze, e compone la Vita Nuova, il Canzoniere e la Divina Commedia. Il Boccaccio si sprofonda nella più minuta e riposta erudizione, e dalla vita più libera e godereccia toglie i colori pel suo libro immortale. Petrarca è padre dell'umanesimo, veglia le notti a decifrare codici, scrive lettere e libri e un poema in latino; e la più sottile e viva psicologia, il più raffinato sentimento musicale ispirano le rime d'amore a cui deve la sua fama perenne. Poliziano inizia la filologia, usa come lingue native il latino e il greco; ma gli studî e le cure minute non ottundono la sua sensibilità artistica, anzi gli offrono incomparabili strumenti alla espressione poetica. Machiavelli notomizza Livio e scrive le Storie fiorentine; ma nella Mandragola abbandona tutte le briglie alla comicità più salace e più sfrenata. Ma che giova moltiplicare gli esempî? Per tutti i nostri grandi, dall'Ariosto al Foscolo, dal Berni al Parini, dal Tasso al Leopardi, l'arte e la dottrina non furono mai due cose, bensì una sola, indivisibile: questa è il terriccio prezioso onde quella attinge linfe purificate e arricchite nel travaglio dei secoli: perciò i frutti ne sono così opulenti e fragranti. Questa indissolubile unione è tanto profonda nel sentimento italiano, i genî della nostra stirpe ne ebbero così profonda coscienza, che persino i grandi cultori delle scienze esatte non persero mai il contatto con l'arte. E per non parlare del sommo Galilei, basti ricordare il Mascheroni, o il Redi, che lascia le squisite analisi naturalistiche per dispiegare alle nostre pupille attonite l'arazzo luminoso versicolore del «Bacco in Toscana».

Il metodo scientifico spezzò in due, con un netto colpo brutale, quella bella unità; e i due tronconi si divincolano ancora, uno qua, uno là, in agonia spasmodica. Da una parte lo scienziato. Lo scienziato tutto irto di cifre, impermeabile a qualsiasi finezza d'arte, che scrive come un emarginator di pratiche, che dichiara indegna dell'austerità scientifica (oh, la volpe e l'uva!) ogni cura di forma e di stile. Dall'altra, il poeta, il romanziere, il drammaturgo, il giornalista, i quali respingono violentemente ogni contatto con la cultura ufficiale, e dal loro orizzonte hanno escluso, a mano a mano, prima il mondo greco, poi il latino, quindi l'italiano classico, e ultimamente ogni e qualsiasi elemento della cultura passata. Tanto ha potuto l'odio suscitato dall'imbestiamento scientifico.

Il benigno lettore avrà visto a sufficienza quale cordiale antipatia io nutra per quel tipo di dotto. L'ammirazione che esso, grazie alla facoltà mnemonica, riscuote da tanta gente, è scroccata. La semplice dote della memoria, scompagnata dall'acume e dalla sensibilità estetica, è vilissima facoltà, di molto inferiore a quella dei grandi calcolatori, i quali pure non dovrebbero riscuotere, salvo nelle fiere, eccessiva ammirazione. Quando tutte le altre facoltà dormono, non è meraviglia che quell'unica cresca e giganteggi.

E se non deve destare ammirazione per sé, odiosa e repugnante diviene tale facoltà quando quelli che la possiedono unica se ne servono per attaccare chi vale infinitamente più di loro. L'arma è insidiosa. Quanto più velocemente in un cervello le idee si trasformano in successive compagini - e in genere il valore d'una mente è in ragione diretta con la velocità di tali metamorfosi - tanto più difficile riesce che in mezzo al continuo tramutare rimangano immobili nelle loro caselle le notizie precise. Fate che uno di quei microcefali pedanti colga in fallo magari un grande artista, un gran poeta, ed eccolo gridare ai quattro venti: «Vedete! Tizio la fa da pensatore e da poeta; ma per quanto gratti la sua cetra non giungerà mai a sapere quello che so io, filologo scientifico, autenticato dal bollo di Berlino». Il caso s'è verificato. E il pubblico applaude il microcefalo, perché il pubblico ammira i calcolatori prodigiosi, anche se hanno la coda e le orecchie.

Simpatico è invece, in genere, il tipo dell'artista libero, romanziere, drammaturgo, giornalista, quale s'è venuto formando, massime dall'80, in cifra tonda, ai giorni nostri. Si voglia o non si voglia, questi giovanotti che abbandonarono le aule universitarie, e si diedero all'articolo volante, alla polemica, alla corrispondenza di guerra, hanno essi creata una prosa italiana moderna, disinvolta ed efficace; e, stringi stringi, han dovuto imparare da loro anche quelli che avevano altro fondamento e altra serietà di studî. Piaccia o non piaccia ai critici bocche amare, la produzione dei nostri novellieri, dei romanzieri e dei drammaturghi è tutt'altro che da buttar via: e, secondo me, molti dei moderni drammi italiani possono reggere vantaggiosamente il confronto coi migliori di Francia, sebbene questi siano più appariscenti e continuino ad occludere le scene italiane per un complesso di ragioni che non è qui luogo di esaminare.

Ma concesso tutto ciò di buon grado, conviene anche riconoscere che quanti abbiano larga e piena conoscenza delle letterature del passato, le quali, volere o non volere, rimarranno pur sempre ineliminabile modulo a valutar la presente, sentono che in tutte le opere contemporanee, non escluse le migliori, manca pur sempre qualche cosa: qualche cosa che troviamo invece in tutti i nostri classici, dall'Ariosto al Leopardi, al Manzoni, al Carducci: qualche cosa che mal tollera definizioni, ma pure è quasi un'intima essenza, pel cui alito un'opera ci sembra come sempre esistita, o, meglio, coeva ad ogni età della stirpe nostra.

Ché se cerchiamo d'analizzare questa intima virtú, noi la vediamo complessa di talune doti fondamentali nelle quali s'impernia e si conclude il genio della stirpe. La coscienza sicura del valore dei vocaboli, quale fu in ogni momento della loro variazione ideologica, risalendo dall'italiano al latino, al greco, così da poterlo agevolmente flettere a significare i più sottili atteggiamenti del pensiero. La sicurezza dello stile, non rivolta a virtuosismo, bensì a stringere idee ed immagini in linee sobrie perfette. La tenacia nel ponderare il proprio soggetto, nel contemplarlo a lungo entro lo specchio del nostro animo, sin che non se ne vegga illuminato ogni anfratto più riposto. La sobrietà nel trascegliere dalla visione i punti essenziali, i quali poi, nella favellata espressione, bastino a suscitare l'intero fantasma. E infine, la scienza della forma, intesa in senso alto e musicale: scienza che, ad onta di illusorie parvenze, è andata sempre immiserendo, e che si vede fulgere via via, risalendo i gradi della nostra tradizione artistica, dagli Italiani ai Latini, da questi ai Greci insuperati.

La semplice enumerazione di queste doti dice come per conseguirle sia indispensabile un forte e tenace studio, non solo dei grandi Italiani, bensì anche dei Latini e dei Greci. Insomma, le basi di ogni seria disciplina letteraria non si possono fondare che sullo studio dei classici.

È dunque tempo che in Italia abbia fine la scissione fra il mondo degli studî e il mondo dell'arte. Ne abbiamo già analizzati gli effetti funesti. Tornino a comporsi in bella armonia; e matureranno ancora i frutti luminosi fragranti onde il nome dell'Italia nostra brillò, segnacolo d'arte e di luce, anche quando la brutalità straniera la teneva costretta di materiali catene.

VIII.

CETERUM CENSEO PHILOLOGIAM

ESSE DELENDAM

La mia diagnosi è finita.

O, meglio, il mio abbozzo di diagnosi: non più che abbozzo è quello da me tracciato, e ciascuna sua parte potrebbe avere ben lungo svolgimento: anzi infinito, come infinita è la serie dei guasti che gli abusi e i soprusi della filologia scientifica hanno prodotti nella vita intellettuale d'Italia. Ma, dice Pindaro, è sazietà anche del miele e degli aurei doni di Afrodite: anche la caccia alle bestialità filologiche m'ha oramai tediato. Riprenderò un'altra volta, quando ne avrò voglia, quando ce ne sarà bisogno.

Se non che, alla diagnosi, un buon medico dovrebbe far seguire la prescrizione di una cura: dovrebbe suggerire i rimedî.

E intorno ai rimedî avevo appunto incominciato a scrivere un ultimo capitolo. Ma scrivi scrivi, il capitolo diveniva libro, faceva parte a sé, non s'inquadrava più, né per la materia, né per lo spirito, in Minerva e lo scimmione. Infatti, la sua parte sostanziale consisteva in un piano di riforma universitaria. Inutile pubblicarlo in un momento in cui sarebbe folle sperarne, non dico l'attuazione, ma pur la semplice discussione.

Del resto, da ogni pagina del mio scritto riesce suggerito assai chiaramente, mi sembra, quale sia l'antidoto principale, che io credo appropriato ai mali osservati. È l'abolizione del sedicente «metodo filologico scientifico».

La filologia, come abbiam visto, era un tempo ancella, ed ottima ancella. A poco a poco s'è data delle arie, s'è imbaldanzita, ha preso la mano, e adesso fa da padrona, e governa il regno dello spirito coi criterî appunto e con l'anima che può avere una fantesca.

Questo fatto, oltre che molto antiestetico, è anche molto dannoso. Bisogna dunque finirla: bisogna richiamare la sguaiata fanticella ai suoi più umili uffici.

E no, questa della serva padrona non è ancora una immagine precisa ed esauriente. La così detta filologia scientifica meglio si potrebbe assimigliare ad una vischiosa pianta parassitaria, che, abbarbicatasi a tutte le discipline, ne ha succhiato le linfe migliori, per crescerne gambi gonfi di tossici, maligne infiorescenze senza profumo, grosse bacche stoppose. Ora, questi ibridi prodotti possono senza dubbio riuscire molto utili a conquistar cattedre, sguisciare nelle accademie, far la ruota in clandestini congressi classici internazionali; ma per i fini della cultura italiana non saprebbero davvero sostituire i frutti delle piante terrigene che essi nascondono o sopprimono. Perciò bisogna estirpare il parassita sin dalle radici. Perciò sin che la filologia pretenderà di mantenersi nei posti dov'ella s'è intrusa con malo arbitrio, non mi stancherò di ripetere le non ambigue parole che si leggono in fronte a quest'ultimo capitoletto: *ceterum censeo philologiam esse delendam*.

APPENDICE

I.

L'EDIZIONE «KOLOSSAL» DEL DECAMERONE

MANTISSA QUASI COMICA

Nella sua Fin de Satan, Victor Hugo immagina che quando l'arcangelo ribelle piombò giù dal cielo, una penna delle sue ali rimase, pura e candida, all'orlo degli abissi interminati. Un angelo la raccolse, e, rivolto al cielo sublime, lanciò, con carità di collega, una suggestiva domanda: Seigneur, faut-il qu'elle aille, elle aussi, dans l'abîme?

E Dio, con l'abituale misericordia:

Ne jetez pas ce qui n'est pas tombé.

Questa fantasia victorughiana, tra sublime e grottesca, m'è spesso tornata alla mente, in questi ultimi tempi, a proposito della cultura tedesca. Dopo che il tentativo di sopraffazione alemanna ebbe mostrato qual nòcciolo si nascondesse dentro la grassa e rubiconda polpa della Kultur, si cominciò ad esaminare di che qualità fosse anche codesta polpa. E più d'uno scienziato italiano si diede alla salutifera analisi.

I loro scritti, sepolti in riviste scientifiche poco accessibili, o addirittura contese al gran pubblico, dovrebbero essere ristampati in edizioni popolari e aver larga diffusione in Italia. Mi sia lecito intanto ricordarne alcuno dei più notevoli.

Il professor Bossi, direttore dell'Istituto ginecologico della Università di Genova, in una conferenza di chiusura dell'anno 1915, dimostrava come oramai, non solo nel campo ostetrico, bensì in genere in tutto il campo chirurgico, i tedeschi, più che medici, siano da considerare dilettanti d'assassinio.

Federico Patetta, dell'Università di Torino, in un discorso inaugurale pronunciato il 4 novembre 1915, sottoponeva a minuta e profonda indagine di raffronto la civiltà latina e la germanica. E illuminava per ogni verso, rigorosamente, inconfutabilmente, con dottrina e genialità inesauribili, la ineliminabile barbarie tedesca.

Dante Bertelli, professore di anatomia a Padova, già nel 1912, nel Discorso inaugurale per il Convegno della Unione Zoologica italiana, protestando contro il mal vezzo di mandare i nostri giovani a perfezionarsi, cioè a incretinirsi, in Germania, scriveva queste sacrosante parole: «Oramai vediamo che giovani educati unicamente nel nostro Paese, pubblicano lavori i quali nulla hanno da invidiare a quelli eseguiti nelle più culte nazioni. I nostri vecchi grandi anatomici si educarono in Italia e furono maestri alle genti: ci siamo liberati dal servaggio straniero politico, dobbiamo anche liberarci dal servaggio scientifico».

Più lungo discorso meriterebbero gli scritti di Ernesto Lugaro. Ernesto Lugaro è proprio il tipo dello scienziato italiano, quale era prima dell'intossicamento tedesco, quale dovrà tornare domani, quando l'intossicamento sarà neutralizzato, e speriamo per sempre. Egli è scienziato profondo e preciso: ma tuttavia, artista d'intuito e di studio, possiede una forma che gli potrebbero invidiare parecchi dei suoi colleghi di lettere, i quali, tirati su a pillole di metodo scientifico, scrivono come veri emarginatori di pratiche letterarie. Egli sa quanto altri mai isolarsi nel silenzio e nell'ombra del suo laboratorio; ma, ben lungi dalla frigidità di tanti castroni, i quali, con la bella scusa che l'uomo di scienza non deve occuparsi di politica, evitano e si rifiutano di pronunziare il loro giudizio, del resto più che superfluo, sui misfatti della Germania, sin dal principio della guerra ha rivolto il suo spirito appassionato ai multipli problemi che quella coinvolge. E in una serie di scritti vibranti, coloriti, suggestivi, ha dimostrata la insanabilità ed i pericoli della follia collettiva che ha invasa la Germania. Non sarà inutile riportare, per nostro mònito, le parole conclusive del suo primo scritto: «Molti segni mostrano come ci sia in Germania chi sente che già troppi legami sono rotti col mondo, e che bisogna cercare di salvare quelli che restano ancora.

E qui sta il pericolo per l'avvenire. Bisogna tenerlo bene a mente, e ripeterselo sempre: questi legami che si voglion salvare sono le vie per cui si potrà rinnovare l'insidia; essi possono permettere di preparare a scadenza più o meno breve il colpo più sicuro. Questi legami vanno tagliati sino a quando la Germania, profondamente cambiata nella sua struttura politica, non dia serie garanzie d'intenzioni oneste e ragionevoli.

La Germania deve persuadersi che il mondo può fare a meno di essa. Noi italiani, forse più degli altri, dobbiamo estirpare dal nostro suolo le maligne radici germaniche che voglion succhiare ogni principio di vita».

E qui m'interrompe il longanime lettore. Che cosa c'entrano, di grazia, tutte queste belle considerazioni, con Giovanni Boccaccio, con Victor Hugo, con la piuma dell'arcangelo?

Ecco come c'entrano. Grazie all'opera dei sullodati e di tanti altri valentuomini che sarebbe lungo ricordare (non tacerò l'infaticabile Ezio Maria Gray), gli Italiani hanno cominciato a guardare un po' più attentamente, e senza occhiali affumicati, il colosso mastodontico della famigerata Kultur. E si sono accorti, salvo qualche tempestivo o precoce rammollito, indurito nella tedescolatria, che il più dell'oro era princisbecche, il marmo cartapesta, l'avorio celluloide. Ma una fede rimase intatta: la fede nella eccellenza assoluta ed insuperabile dei tedeschi come stampatori e come editori. Su questo punto niuno osò muover dubbio. E gli ex germanofili, ora patrioteggianti, e pronti domani, per loro esplicita confessione, a ricacciare il pensiero d'Italia sotto il giogo tedesco, questi signori, dico, si aggrapparono a quest'ultima trincea, per tener ferma la loro posizione. Per questo lato, almeno, i tedeschi rimanevano maestri al mondo: e noialtri poveri diavoli non potevamo che ammirarli ed imitarli.

Era anche questa, come tutte le asserzioni dei germanofili, una solenne impostura. Anche come editori, i tedeschi sono stati grandi. Sono stati grandi, sebbene a loro modo - ma sarebbe stolto pretendere che un uomo o un popolo tradiscano il proprio genio - nel periodo eroico degli studî, che va, su per giù, dal Winckelmann al Mommsen. Allora ebbero studiosi che consacrarono tutta la loro vita ad un autore, magari di quart'ordine, e riuscirono a stamparlo in modo pressoché ineccepibile. Ma ultimamente buona parte degli studiosi tedeschi erano divenuti mestieranti e cerretani della peggiore specie. Il libro d'erudizione tedesco si spacciava assai in tutto il mondo, grazie alla connivenza idiota o furbesca di tutti gli affiliati alla onorata società filologica che i lettori han trovata descritta in questo volume. E visto che il genere andava, i filologi si erano dati a fabbricarlo a diluvio, due o tremila pagine ciascuno ogni sei mesi; e intascavano i quattrini dei gonzi; e questo era diventato il vero ed unico scopo della loro attività scientifica.

Per disgrazia, dare la dimostrazione di tale asserto non è facile. Facile sarebbe mostrare qualche indice esterno della volgarità senz'amore in cui era caduta l'arte libraria. Tutti avranno viste le famigeratissime edizioni di Lipsia spedite con fascicoli slegati, e senza copertina. I clienti erano citrulli, e il mercante li trattava da citrulli. Ma al di là di questi indici esterni, se io mi industriassi a dimostrare che, poniamo, il Sofocle di Mekler è per molti versi, e dal lato editoriale per ogni verso, una birbonata; che il Pindaro (minore) dello Schroeder, ad onta di qualche strombazzatura nostrana, vale cinquanta centesimi: se m'industriassi a svolgere tale dimostrazione: da quanti potrebbero essere apprezzate le mie ragioni, d'indole necessariamente filologica? Qualcuno dei famuli della sede centrale berlinese risponderebbe che quelle edizioni sono bellissime; e, fra i due contendenti, la maggioranza, per fortuna sua non filologica, non saprebbe a chi dar retta.

Ma il vecchio Dio favorisce palesemente le giuste aspirazioni; sicché, dopo parecchie ricerche, spero di aver trovato un documento meridiano definitivo ed inconfutabile della odierna bestialità libraria alemanna.

È il fascicolo d'invito ad una edizione monumentale del Decamerone, perpetrata dalla casa Insel di Lipsia. La casa Insel è una delle più celebri, anzi quella più in voga della Germania; e a proposito delle sue edizioni, i bravi tedeschi parlavano volentieri di rinascenza del libro. Riproduco senz'altro le quattro pagine dell'invito, che debbono documentare le mie conclusioni. (Tavole 1-2-3-4). Ora che il lettore ha gustate le finissime incisioni, e si è associato agli elogi, senza dubbio disinteressati, che l'editore tributa al genio italiano, cominci a leggere il testo del Decamerone, e veda con quale attenzione scrupolosa e veramente scientifica è curato il testo del nostro prosatore immortale. Per agevolargli il compito, dò dei più solenni sfarfalloni un elenco che nella sua nudità riuscirà più convincente di qualsiasi commento.

Pag. 3, colonna sinistra, rigo 4: simili ad ora, correggi: oro - rigo 14: rispodendo, correggi: rispondendo - rigo 18-19: chiara fronte, correggi: fonte.

Pag. 3, colonna destra, rigo 3; che il nostro Re me tanta, correggi: me a tanta - rigo 4-5: mag-nificenza, diviso così fra due righe - rigo 6: bellazza, correggi: bellezza - Titolo della novella: Novella d'un cavaliere serve al re di Spagna - - rigo 26 (ultimo): del quala, correggi: del quale.

Pag. 4, colonna sinistra, rigo 1: ciascun altro signore trapassata e quei tempi, correggi: a quei tempi - rigo 8: si fee, correggi: si fece - rigo 23: famig-liare, diviso fra due righe.

Pag. 4 colonna destra, rigo 10: e come che molte ne ricogliesse tu camminando tutto il dí seco. Il tu è una piacevole aggiunta dell'editore tedesco - rigo 20: perché, correggi: perché - rigo 31: con-osciuto, diviso così - rigo 34: dìcevo correggi: dicevo - rigo 45: si come, correggi: sí - rigo 47: in presenza molti, correggi: di molti (questo forse si può difendere) - rigo 50: ogn'-altra diviso così.

Rimane, poi, a pagina 1, il nome dell'autore, che da Boccaccio è divenuto Di Boccaccio. Credo che la particella gentilizia sia una aggiunta dell'editore, per accreditar l'opera. E confesso che in questo caso sono anzi stati assai discreti a non scrivere addirittura un VON BOCCACCIO. Ma qui non son sicuro del fatto mio, cioè non son sicuro che in qualche pergamena non esista la forma Di Boccaccio; e però questo rilievo non vuol essere tanto una condanna all'editore di Lipsia quanto un dubbio rispettosamente rivolto agli scienziati storici della letteratura italiana.

Sono dunque, in due pagine, sedici spropositi: sollazzevoli tutti: ed alcuni da pigliar con le molle. Per una edizione monumentale, davvero non c'è malaccio.

Se non che un mio conoscente, súccubo intellettuale della Germania, al quale sottoposi questo ghiotto spicilegio, dopo esser rimasto qualche attimo interdetto, sollevò la fronte irraggiata da una luce improvvisa. «E se quegli errori ci fossero anche nel testo italiano, e l'editore tedesco li avesse mantenuti per scrupolo scientifico?»

E allora si schiuse alla mia mente tutto un nuovo orizzonte, e meditai di prendere il direttissimo, e di recarmi in fretta e furia alla Biblioteca nazionale di Parigi, per controllare la cosa. Perché se così fosse, oh allora, resterebbe dimostrata, non più la goffa e mercantile incuria d'un editore, bensì la insanabile innocenza intellettuale dei tedeschi. E mi sarebbe avvenuto come a quell'eroe della Bibbia, che, uscito per cacciare un cervo, trovò un regno.

Ma io sono pigro, e il disagio del viaggiare in tempo di guerra mi distolse dall'eroico proposito. E d'altronde non bisogna pretender troppo dalla Provvidenza celeste. Il viaggio sarebbe certo riuscito vano, perché basta riflettere un minuto per convincersi che gli errori non sono certo imputabili all'editore italiano del 1492, bensì all'editore tedesco del 1913.

E quindi, rinunciando a quella generale illazione, contentiamoci di enumerare le conclusioni che senza possibile contrasto si ricavano da queste quattro paginette.

1) Quando un tedesco vuole fare una cosa nuova e degna, riproduce. Riproduce quello che hanno fatto gli altri, coi mezzi meccanici inventati da altri.

2) Questa pedestre riproduzione, molto simile ad una appropriazione, a lui, testone indomabile quanto prosuntuoso, sembra una creazione: onde scrive pari pari (pag. 2, rigo 7): nous créons avec ces gravures les plus beau Décameron qui existe.

3) Sa lanciare bene l'affare (vedi i prezzi), in modo da ricavare dal furterello una buona dose di marchi.

4) Salvate le apparenze, non si cura affatto della sostanza, e lascia correre per le pagine della conclamata edizione tali e tanti spropositi, quali e quanti non se ne trovano nella più turpe edizione stampata alla macchia in questa Italia povera ed ignorante.

5) Le ragioni della incuria sono da cercare probabilmente nella bestiale prosunzione germanica. A Lipsia, credo, non era difficile trovare un italiano, sia pure di modestissima cultura, che rivedesse le bozze di stampa. Ma l'editore avrà creduto che un Italiano non fosse capace di tanto; e avrà ricorso a qualche melenso tedescaccio, laureato in filologia italiana o romanza in qualche università tedesca.

E tutto questo va bene. Una cosa sola va male. Codesta edizione non dovevano poi chiamarla monumentale. Dovevano chiamarla kolossal. Kolossal come la bestialità teutonica.

Dobbiamo soffiare sull'ultima piuma?

PER L'AFFRANCAMENTO DELLA LIBRERIA ITALIANA

Questo breve articolo apparve nel Corriere della Sera del 27 marzo 1917. I filologi «scientifici» lo attaccarono con la solita virulenza, ma, viceversa, finirono per aderire inconsciamente a tutte le mie proposte. Riferisco in nota i luoghi da cui risultano tali adesioni; non per il gretto gusto di coglierli in contraddizione; ma per allineare alcuni dei punti su cui dovrà necessariamente passare la linea del futuro accordo, richiesto dal buon senso italiano. Vedi introduzione.

Tra le molte proposte fiorite ad alleviare il regime di guerra, ci fu anche quella di chiudere a due battenti le Università. Non attecchì, e le Università rimangono sempre aperte. Onde io, in conformità a un certo piano di studî, debbo quest'anno svolgere un corso sul teatro d'Euripide. E siccome reputo che sia metodo eminentemente scientifico, ma anche eminentemente balordo quello di impiegare un anno a discutere le varianti di un centinaio di versi, poniamo, della Medea, e che in otto mesi si debba invece e si possa condurre i discepoli ad una conoscenza tutt'altro che superficiale di tutti i drammi d'Euripide, al principio dell'anno prescrissi l'acquisto dell'intero teatro.

Ma una edizione italiana d'Euripide non c'è: una edizione francese accessibile non c'è: quella di Lipsia non si può far venire, e poi, prima di spedire in Germania oro che ci torni convertito in piombo, manderei al diavolo non il solo Euripide, ma tutta la letteratura greca. Rimaneva la piccola edizione di Oxford. E venti giorni prima che incominciassero le lezioni, la feci richiedere.

Ma due settimane dopo l'inaugurazione dell'anno accademico, giunse la risposta che Euripide era in ristampa. Pausa. Nuova richiesta. E nuova risposta: era stampato e tirato, ma non rilegato. - Mandassero pure i fogli slegati. Nuovo e lungo silenzio. E forse prima d'Euripide arriverà l'auspicata chiusura delle Università.

Questo per Euripide. Ma se invece d'Euripide avessi scelto Eschilo, che so io, Sofocle, Aristofane, Pindaro, Omero, Tucidide, Erodoto, i poemi omerici, mi sarei trovato su per giù nelle medesime angustie. In Italia mancano assolutamente le opere complete di tutti i classici greci. È questa una delle più gravi lacune della libreria italiana.

E ciò che fa più stizza è vedere che una dose anche minima di buona volontà basterebbe a colmarla.

Aprite, per esempio, un catalogo Loescher. E nella collezione dei classici annotati trovate della Iliade commentata dallo Zuretti il libro I, e poi i libri dal V al XXIV. Essendo annotata, costa 12 lire e 20, e non è completa. - Aprite il catalogo Albrighi e

Segati, e troverete quasi tutti i libri della Odissea, pubblicati in altrettanti volumetti commentati. E su per giù il medesimo può ripetersi per i principali editori scolastici, per i principali autori greci e latini. Ne trovate le varie parti disperse, in edizioni commentate: l'autore completo non lo trovate mai.

Ora, per rimanere al primo esempio, sul quale se ne possono modellare infiniti altri, come mai non è passato per la mente al Loescher di adoperare la composizione già pronta nei suoi magazzini, di 21 libri della Iliade, aggiungere i tre altri, e darci l'Iliade completa? Per gli usi della scuola avrebbe vantaggiosamente sostituito le edizioni tedesche, e ci saremmo così liberati dal vergognoso tributo che le nostre scuole hanno per tanti anni pagato alla Germania. E quel che è detto per la Iliade e per la Odissea va ripetuto per infiniti classici. E la rapidità con cui la ditta Paravia va stampando un Euripide (7 tragedie commentate in meno d'un anno), dimostra che la libreria italiana può far da sé, e può far presto e bene.

La colpa di tale deficienza ricade in parte sugli editori, i quali in genere badano al piccolo utile immediato, e producono quello che corrisponde alla più frequente richiesta. Ma neppure saprebbero andare scevri da biasimo gli studiosi, i quali, per antico e pessimo vezzo, lavorano un po' come càpita, senza prima dare un'occhiata generale allo stato della cultura e delle scuole, e vedere quali ne siano le lacune, e come e in qual misura convenga riempirle. Ma è inutile rivangare colpe o responsabilità. L'essenziale è che gli editori italiani colmino presto questa lacuna, mirando ciascuno a completare gli autori per cui hanno più materiale pronto, e dando così prestissimo all'Italia edizioni complete dei classici. Non sarà impresa eccessivamente proficua, almeno per ora, perché tali edizioni complete serviranno più che altro alle Università. Ma anche i professori dei Licei avranno presto il buon senso di preferire e di consigliare le edizioni complete, invece di quei miseri fascicoletti nei quali i poveri studenti sono abituati a vedere sbrindellate le membra dei grandi scrittori.

«Adagio, signor mio! - obietta qui un filologo scientifico. - Codeste vagheggiate edizioni non saranno edizioni critiche scientifiche: e quindi non potranno servire, come voi v'illudete, alle Università».

La risposta è assai facile. Codeste edizioni, nella maggior parte dei casi, saranno repliche delle famose edizioni di Lipsia, che voi dichiarate ottime. Stampate, sono stampate non meno correttamente di quelle. E se vi piace, i nostri editori potranno, con poca spesa in più, riprodurre anche i famosi apparati critici. - Appropriazione indebita? E via, cari signori, tante volte avete dichiarato che il lavoro scientifico è patrimonio comune, acquisito alla cultura mondiale! E poi, non mi sembra eccessivo sottrarre qualche apparato critico a chi estorce alla Francia, al Belgio, alla Romania, qualche cosa di ben più sostanzioso. E poi, Carlo Pascal, nella Biblioteca di classici latini iniziata presso la ditta Paravia, va dimostrando che un apparato critico lo sappiamo fare anche in Italia, senza mendicarlo dai tedeschi.

Del resto, dico tanto per dire. Perché dopo la guerra tutti intenderanno, speriamo, che spiegare il teatro d'Eschilo, non potrà significare discutere con grottesca compunzione le innumere scimunitaggini spiattellate dai filologi tedeschi alle spalle del titano d'Eleusi. Ed Eschilo, e Sofocle, e Pindaro, e tutti gli autori greci e latini, li studieremo egregiamente, e ne deriveremo tutto quello che si deve derivarne per la cultura italiana, senza attendere la vostra famigerata edizione critica italiana dei classici, che di qui a due o tre secoli vanterà, al solito, qualche libro d'Omero e qualche opuscolo di Senofonte. Ne riparleremo.

Ma due altri punti voglio oggi sottoporre alla attenzione degli editori e degli studiosi italiani.

Primo, le edizioni commentate. In séguito al funesto prevalere dell'indirizzo filologico scientifico alla tedesca, si è fatta, in Italia, una specie di classificazione dei varî lavori filologici. E mentre compilare un catalogo o ricopiare e magari fotografare un codice veniva dichiarato scientifico; il commento d'un classico era invece screditato a priori, come lavoro semidilettantesco. Conseguenza necessaria, i migliori ingegni, anche per necessità materiali, se ne distolsero. E così avviene che, ad onta di parecchie belle eccezioni - bellissima quella di Paolo Ubaldi, il quale sta dando all'Italia un Eschilo che si lascia dietro di gran lunga i migliori commenti tedeschi - il commento dei classici fu troppo spesso abbandonato ad inetti e mestieranti. Il fascicoletto commentato in modo da facilitare il passaggio agli scolari poltroni si vendeva a sfascio: e a furia di fascicoletti qualche commentatore si fabbricava perfino l'automobile. Questo sconcio e questo preconcetto debbono cessare. Commentare un classico, quando il commento è fatto con coscienza e con gusto, è opera più che degna ed elevata. E il mal vezzo di gettar via nei concorsi i commenti solo perché commenti, deve sparire, come in parte è sparito.

Secondo cómpito. Dare all'Italia la grande edizione italiana dei suoi classici e dei classici greci. Non già l'edizione critico-scientifica, quella a cui ho già accennato, e che si dovrebbe fare ricominciando ab ovo la disamina di tutti i codici di ciascun autore, e tenendo conto di tutte le grullerie, e son tante, passate per la mente ai filologi perdigiorni. Ma l'edizione che oggimai si può fare in tempo relativamente breve, servendosi dell'immenso materiale filologico e archeologico raccolto dai tempi dell'umanesimo ai dì nostri, e dando ad esso l'impronta della sobrietà e del gusto latino.

L'idea è bella e suggestiva e molti l'hanno accarezzata. Ed hanno... ed hanno fatto riunioni, ed hanno nominate commissioni. Come dicono i sapientoni di Pascarella?

- Sa? je fecero, senza complimenti

Qui bisogna formà 'na commissione.

Pare impossibile che la vita non insegni mai nulla a nessuno, nemmeno quella che viviamo oggi dolorosamente giorno per giorno. Pare impossibile che tante egregie persone (egregie senza ironia) non abbiano ancora inteso che per condurre a buon fine una qualsiasi impresa val meglio un solo mediocre che cento ottimi.

E per fare la grande edizione italiana dei classici greci e latini, non occorrono tante riunioni e tante commissioni. Occorrono due uomini. Un editore di larghi mezzi e di buona volontà: uno studioso non privo di gusto, e non impegolato, neppure un briciolo, del vischio scientifico tedesco.

Eccoti offerto ignudo il mio seno, o ironia filologica! Ma per concludere, dichiaro che se l'editore di larghi mezzi mi proponesse tale edizione, io la esigerei così bella e dispendiosa, che la sua buona volontà naufragherebbe forse dinanzi allo spauracchio dei preventivi.

III.

INTERVISTA CON UGO FOSCOLO SUI POETI CLASSICI

E L'ASINITÀ DEI PEDANTI

Dal Giornale d'Italia del 24 luglio 1917.

Dico la verità. Quando ho visto, nel Giornale d'Italia, tante e tante autorevoli interviste allinearsi come le perle d'una preziosa collana, ho sentito vacillare in me le più salde e meditate convinzioni. Mi mancava il conforto d'una parola concorde. E poiché mi veniva rivolto pubblico invito a cercare nelle «sfere dell'alta coltura» tanti studiosi che consentissero meco quanti erano quelli che tiravano a palle di fuoco sul mio calloso Scimmione, mi colse un attimo la tentazione di mettermi a tale ricerca.

Un attimo appena. E súbito dopo, un dilemma inevitabile mi trattenne fra i suoi corni acutissimi. «O tu invece che alleati trovi nuovi contradittori; e la tua solitudine risulta perfetta e fatale. O ti dànno ragione. E tu, che nello Scimmione hai proverbiata l'Università italiana perché suddita ai metodi alemanni, avrai contribuito a dimostrarla invece italiana, italianissima. E allora sí, ti sarai data la zappa sui piedi».

E allora, mi balenò un'idea - è una cosa che può accadere a tutti: quella d'intervistare qualcuno dei nostri grandi del passato, di quando la germanofilia non era stata ancora inventata.

E incominciai da Ugo Foscolo. Né tedierò adesso il lettore narrandogli come, sviluppando un piano di Wells, potei giungere, nel regno delle ombre, a quel Grande. Ma della fedeltà fonografica della intervista tutti potranno accertarsi confrontando le parole del Foscolo, che io riferisco, con la edizione Le Monnier delle sue opere, che io cito scrupolosamente, tomo per tomo e pagina per pagina. Tronco il preambolo, e comincio.

*

Io - Io reputo, Maestro, che fra i grandi Italiani sii tu quegli che ha conosciuto più profondamente ed intimamente la lingua e gli autori greci. Forse più del divino Leopardi; e certo un po' più di Ruggero Bonghi, che ti vorrebbe apporre, ma ti doveva aver letto poco. Ed anche dei Latini fosti dottissimo. E assai chiaro insegnasti, e provasti con l'opera, qual succo vitale si possa derivare dallo studio dei classici per le nostre lettere e per la vita civile. Perciò a te mi rivolgo, affinché tu disciolga alcuni gravi dubbî che m'irretiscono oggi il pensiero.

Foscolo - Io so che tu sin da fanciullo assai ti nutristi dei miei scritti, e molto mi amasti e venerasti. Onde voglio appagarti. Di' liberamente.

81

Io - Arde oggi gran guerra tra i letterati ed i filologi d'Italia. E alcuni, e dei famosi, sostengono che l'unico lavoro possibile e serio intorno agli autori classici sia quello strettamente filologico: cioè copiare e collazionare codici, e allestire edizioni critiche. E hanno lanciato alla Patria un bando, che, se raccogliesse consenso, convertirebbe tutti gli studiosi, e massime quelli di più forte ingegno, in una repubblica di stampatori. Che dici di questa idea. Maestro?

Foscolo - Dico che «io vorrei che cessasse questa libidine di codici e di varie lezioni. Questi sono i fasti della bella letteratura italiana nei secoli passati. E la libidine ricomincia a penetrare le fibre cornee degli eruditi italiani, che, violando le prime ed ottime edizioni di Dante Alighieri, vanno ripescando strane lezioni nelle tarlature dei codici». (I, 403).

Io - Lascia Dante e la letteratura italiana. È un altro vespaio, dove per ora non voglio cacciarmi. Torniamo ai classici greci e latini. E dimmi: con quale altro mezzo, se non con questo cercar nelle tarlature dei codici, si potrà stabilire sicuramente il testo dei grandi autori?

Foscolo - Il testo, il testo! Sii pur certo che quanto più ci allontaniamo dal nostro grande Umanesimo, tanto più i testi si corrompono ed imbarbariscono. Rammenti che cosa intervenne a me, quando volli tradurre la Chioma di Berenice? «In tanta battaglia ed incertezza di lezione, mi rifuggii alla più antica, ove non riuscisse inintelligibile e assurda; prendendomi per esemplare l'edizione principe, e quella dell'età Aldina: certo almeno che sono estratte dai codici». (I, 241).

Io - Lasciamo la critica dei testi, vedo che è poco nelle tue grazie. Non vorrai però negare che ci sono altre importantissime bisogne filologiche, volte ad assodare, come dicono ora, le minime verità, che son pure indispensabili a conoscere le grandi, ed è cómpito della scienza indagarle. Pensa. Siamo ancora perplessi se debbasi dire Virgilio o Vergilio: sussistono dubbî se Plauto si chiamasse Accio o Maccio; e chi scrive intelligens, e chi intellegens; e chi scrive cum, e chi quum....

Foscolo - «Fuggiamo, figliuol mio, fuggiamo a tutto potere le liti de literis vocumque apicibus! Se debbasi scrivere cum o quum, lacrimae, lacrymae o lachrymae, coelum o caelum, e siffatte quisquilie grammaticali, ho creduto sempre riverenza a chi legge, a me stesso, ed al tempo, il non disputare». (I. 242). «A chi vedi che possano giovare dei volumi sull'abbiccí o sull'uso d'un pronome?». (I, 403).

Io - Tu non m'hai lasciato finire. Non è quistione solo di incertezze e quisquilie grammaticali, bensì anche d'altre cose assai più palpabili e massicce. Il presidente dell'Atene e Roma, palladio in Italia degli studî classici, ebbe a sentenziar pubblicamente che «la visione storica del mondo antico non può aver luogo se non si volga l'attenzione anche alle minime e meno estetiche manifestazioni di vita intellettuale e morale». (Giornale d'Italia, 27 aprile).

Foscolo - «Rispondigli con Seneca che indagare chi fu la madre di Enea, e se Saffo si concedeva o non si concedeva a prezzo, e se Anacreonte fu più vinolento o più salace, questa e simili cianfrusaglie, anziché volerle apprendere, chi le sa converrebbe le dimenticasse». (I, 228).

Io - E sia! Lasciamo anche i fatti minuti. Ma, e le chiose, e i commenti, e le discussioni, che servono a far meglio penetrare nello spirito degli autori antichi? Guarda la questione omerica....

Foscolo - Chétati, figlio, per l'amor del cielo! «Chi ad ogni verso dell'Iliade o dell'Odissea ponesse dieci volumi di chiose, sarebbe forse discreto, sí immensa è la biblioteca degli scrittori commentatori d'Omero dal secolo di Pisistrato al nostro. Quanto profitto ne abbia ricevuto la poesia nostra, quale profitto abbiano in noi fatto tante lezioni d'ogni genere, dall'analisi grammaticale sino alle teorie metafisiche intorno ad Omero, non veggo». (I, 317).

Io - Mi sembra, con sopportazione, che tu sii dotto, ma vivace ed esagerato. Se concludono tanto poco queste ricerche e discussioni e teorie metafisiche, come spieghi il fatto che solennissimi dotti consumano in esse tutta la loro vita? Come potrebbero sussistere tanta dottrina e tanta capinsaccaggine?

Foscolo - Ricorda le parole, ch'io feci mie, di Gian Giacomo Rousseau: «I dotti hanno la più parte mente ancor di fanciulli. La loro vasta erudizione risulta più da una moltitudine di immagini che non da una moltitudine di concetti. Le date, i nomi proprî, i luoghi, tutti gli oggetti isolati e spogli d'idee, ricordano solo per la memoria dei segni». (I, 409).

Io - E non ti pare già essa da sola mirabilissima dote, questa memoria?

Foscolo - Mai no. «Non v'è molto da meravigliarsi che la facoltà della memoria sia fortissima, quand'è procacciata a spese di tutte le altre facoltà. Quando il cuore si rimane senza affezioni domestiche, l'immaginazione senza illusioni, il raziocinio senz'attività nelle altre operazioni dell'intelletto, la memoria, anche senza essere naturalmente straordinaria, trova libero il campo ad agire senza interruzione né impedimenti. La mente umana in siffatta situazione è più inerte e meno industriosa ch'altri non crede». (IV, 279).

Io - E questa è la bella stima che tu fai degli eruditi? Li reputi anime e cervelli vuoti?

Foscolo - Vuoti no, ma colmi di stoppa. «Hanno sí pieno il capo di alfabeti e di citazioni, che il cervello fugge e va a stanziare ove dovrebbe esservi il cuore: ed il cuore.... dov'ei sia, né io né tu né essi lo sanno». (I, 407).

Io - E come spieghi dunque la reputazione grande che riscuotono presso la gente?

Foscolo - Varie ne sono le ragioni, ed io t'esporrò le principali. Innanzi tutto, «pochissimo scrivono» (II, 144), e questo pochissimo in «latino barbaro, in italiano semibarbaro, con formole matematiche: un caos pieno di citazioni e di note che non possono stare né col testo né senza il testo: come i carciofi vecchi, spine di sopra, barbaccia irta di sotto». (II. 269). Poi «nei loro libri recitano a un tempo da sofisti e da poetastri, assottigliando il fumo, e gonfiando le minime cose. E minacciano e gridano per dar peso alle loro inette tragedie, di che van pieni infiniti volumi che fanno noiosa la lettura dei classici». (I, 242). Terzo «son gente clamorosa, implacabile, intenta ad angariare i sudditi ed a scomunicare i ribelli». (I, 242). Sicché, tra per non potere leggerli né capirli, e per credere alle loro apologie, e per temere le loro furie, la gente si tace e li ammira. Aggiungi poi che, sebbene si azzannano e dilaniano fra loro perennemente, dinanzi alle credule turbe non ristanno dal magnificare le opere uno dell'altro. Già Addison, con parole che pure ho riferite nei miei scritti, osservava come questi rugumatori di pergamene «fan grido l'uno all'altro assai più che non le persone di vero ingegno. A leggere i titoli magni ond'essi onorano chi, verbigrazia, stampò un classico o collazionò un manoscritto, lo crederesti gloria della repubblica letteraria e meraviglia dell'età sua. E, se cerchi bene, avrà rettificata una particella greca o aggiustato un periodo fra le sue virgole». (I, 228).

Io - Dunque non è cosa tanto difficile procacciarsi fama di erudito?

Foscolo - No no: «fu sempre ed è agevole impresa l'usurparsi titolo di Maestro con poco sudore, e l'ostentare al volgo dei letterati e dei grandi certo lusso d'inoperosa dottrina». (II, 79).

Io - Beh, insomma è inutile insistere: tu hai proprio in uggia grammatici dotti ed eruditi.

Foscolo - Assai più che non immagini. «Io l'ho giurata all'anima dei pedanti. Il cane è nemico del gatto, il gatto del topo, il ragno dei moscherini, il lupo delle pecore ed io de' pedanti». (I, 407).

Io - E nessun conto fai di quella multiforme attività che essi dichiarano «severamente filologica» o «filologica scientifica»?

Foscolo - Dovresti oramai avere inteso che secondo me «le vane congetture e le correzioncelle e le faticose bazzecole dei critici sono meri giuochi e futili ostentazioni d'ingegno che servono ad affaticar l'animo del lettore anziché ad erudirlo» (I, 228), e a «far noiosa la lettura dei classici». (I. 242).

Io - Sta, ch'io t'ho colto in fallo. Tu disprezzi e beffi questi compilatori di congetture e correzioncelle e aridi commenti. E di che cos'altro hai tu rempiuto il tuo commento alla Chioma di Berenice, che d'intorno a quarantasette distici si venne gonfiando per trecento pagine in ottavo grande?

Foscolo - Ah, ah, ah, tu vuoi farmi ridere! Anche tu «hai preso per moneta giusta quel mio scritto?» (I, 407). «E non sai tu dunque che tutto questo lavoro non è altro che una grave e continuata ironia sulle verbose disquisizioni dei commentatori? Non sai tu che da prima dispensai ad arte poche copie dell'opera; indi, vedendo effettuato il mio disegno, misi fuori i rimanenti esemplari, con un'appendice che chiamai l'addio ai miei lettori, dove, mentre svelo l'inganno, faccio CONOSCERE I MISTERI E GLI ABUSI DELLA FILOLOGIA?». (XI. 308).

Io - Questo e non altro, hai voluto fare?

Foscolo - Sí, appunto. Scrissi «tale quale avrebbe scritto un solenne pedante o grecista o grammatico o bibliotecario, ch'ei son, poco più poco meno, lo stesso cervello in diversi petti». (I, 407).

Io - E perché sobbarcarti a tanta fatica?

Foscolo - «Perché i pedanti e grecisti e bibliotecarî quando io ridevo dei loro libri non gridassero più: fate altrettanto!; e lo han pur gridato, quelle anime di cimici!». (I, 407).

Io - Oggi ti direbbero d'usare espressioni «più parlamentari». Ma lasciamola lí. E concludiamo. Codici no, collazioni no, emendazioni no, erudizione neppure, metafisica meno che meno: mi sai dire che diamine si dovrebbe fare intorno a questi benedetti autori classici?

Foscolo - «Si deve fare un commento critico per mostrare la ragione poetica: filologico per dilucidare il genio della lingua e le origini delle voci solenni: istorico per illuminare i tempi ne' quali scrisse l'autore ed i fatti da lui cantati: filosofico acciocché dalle origini delle voci solenni e dai monumenti della storia tragga quelle verità universali e perpetue, rivolte all'utilità dell'animo, alla quale mira la poesia. Chi più congiunge queste doti, quegli, a mio parere, consegue l'essenza d'interprete, che io definisco: far intendere la lettera e lo spirito dell'autore». (I, 242).

Io - Quanta roba! E quanta copia di domande mi si affolla nell'animo! E dimmi, prima di tutto: a codesto riduci l'ufficio della filologia? ad un esercizio di etimologia?

Foscolo - Qui tu mi sembri futile e precipitoso. Che etimologia vai dicendo? Hai tu lette le mie osservazioni sul modo di tradurre il cenno di Giove in Omero?

Io - E puoi chiederlo, Maestro? Se ho fatto mai nulla di meno indegno nella interpretazione dei poeti greci, ho imparato più da quelle tue poche pagine che dai mille volumi della dottrina alemanna. Così Voi Grandi insegnate a noi discepoli.

Foscolo - E dunque, vedi in quello scritto che cosa intendo per dilucidare il genio della lingua: ché ora non ho più tempo di spiegartelo. Sta sano....

Io - Ma no: spiegami almeno che cosa intendi per commento critico, storico, filosofico....

Foscolo - Un'altra volta, figliuolo.

Io - Dimmi almeno questo. Ai tempi tuoi, i filologi tedeschi e intedescati, quando s'impancavano a spiegare i classici, spacciavano tante scempiaggini quante ne spippolano oggi? Un amico mio, in un suo volume recente, ne ha raccolto un sollazzevole manipolo.

Foscolo - Figúrati! Ti basti questa. «L'eruditissimo Walkenaer espungeva il verso in cui Callimaco chiama fulgente la chioma di Berenice perché la costellazione berenicea essendo più oscura delle altre sue vicine, non poteva esser detta fulgente se non da un poeta senz'occhi. E così un letterato che logorò gli anni e gli occhi addosso agli antichi, non imparò che ogni poeta chiamerebbe splendida nei suoi versi anche la costellazione meno visibile, quando in essa vi fosse la chioma bionda d'una giovine donna». (II. 227).

Io - Questa è proprio gemella del sangue di porco del Blass, degli stornelli di Lamporecchio messi sul labbro a Clitennestra dal Wilamowitz, e all'uccellin volò volò del von Keck, denunciati dall'amico mio nel volume ch'io ti dissi. Ma come spieghi tu tali aberrazioni?

Foscolo - Egli è, figliuol mio, che «poeta e grammatico non se la dicono». (II, 211). Egli è che «gli eruditi non hanno né un atomo di mente poetica, né grande abbondanza di retta logica». (II, 226). E le aberrazioni o meglio castronerie di cui tu favelli, dipendono «dalla poca mente di coloro che volendo parlar di letteratura senza sapere né poter essere letterati, architettano vane e inettissime teorie». (II, 81).

Io - Un'ultima domanda, e non t'importuno più. Non mi pare che tu dimostri in genere molta simpatia per i tedeschi. Ai tempi tuoi, però, erano certo diligenti e coscienziosi.

Foscolo - Disingànnati figlio! Anche allora «gli autori tedeschi lavoravano perché alla fiera di Lipsia i loro scolari e i librai della Germania si provvedessero di volumi stimati nuovi quando erano raffardellati di nuovo titolo e di rancide citazioni». (IV, 91).

Io - Raffardellati? Rancide citazioni? Vuoi tu bestemmiare che le prendessero di seconda mano?

Foscolo - Giusto appunto. «Sedevano con la pipa in bocca, con la bottiglia allato e la penna in mano, e le Antiquitates di Grevio e di Gronovio davanti gli occhi, a comporre e pubblicare ogni mese de' volumi in latino moderno, conditi di greco e di dottissime villanie, onde appurare le faccende dell'antichità». (IV, 46).

Io - Quelle che l'amico mio chiama «i fatti di casa del mondo antico».

Foscolo - Fa' conto che sian quelli. Addio.

Io - No, resta un momento. Ed anche allora gli Italiani avevano lo stolto ossequio d'oggi per i filologi d'Alemagna?

Foscolo - Figúrati! Ci fu perfino un tipografo, che, ristampando l'Alcesti seconda dell'Alfieri, «rase dal volumetto le otto pagine di schiarimento ai lettori, perché gli parve indecente un sorriso sulle labbra dell'Alfieri, massimamente contro ai dotti di Lipsia». (II, 229).

Io - Lasciamo anche i tedeschi. Dimmi. Solevano ai tempi tuoi gli eruditi inferocire contro chi, opponendosi alle loro congreghe, esprimesse le proprie idee liberamente?

Foscolo - Se inferocivano? Bada a ciò che intervenne a me. «Quando pubblicai lo scritto intorno alla traduzione dei due primi canti dell'Odissea, preti, rètori, FRATI, cortigiani, ruffiani e mercanti di letteratura, bibliotecarî, vocabolaristi, pedanti. FIORENTINI SCONOSCIUTI, ciarlatani e impostori insomma, aizzati, ispirati e presieduti da una vecchia Antisibilla, mi vennero addosso, e m'uccidevano quasi, e mi provocavano con gazzette quotidiane per le taverne e i crocchi e i caffè; e le calunnie mi afflissero, e me ne accorai. Di ciò mi vergogno: ma me ne accorai». (II, 201).

Io - Tutto bene. Ma poco mi capacitano quei Fiorentini che si pigliano una scalmana per due libri tradotti dell'Odissea. Vedi che non fossero metèci.

Foscolo - O frati, può essere. T'occorre più altro?

Io - Anzi la cosa principale. Ti dirò tutto il vero, Poeta. L'amico di cui t'ho parlato, e che ha scritto il libro contro la filologia tedesca e intedescata, sono io medesimo. E me gli eruditi e i filologi d'Italia investono e proverbiano e calunniano come fecero a te quei messeri che tu dici. Ed io ero incerto se dovessi continuar la battaglia o ripiegare dinanzi al numero. Ma ora che tu m'hai parlato così, io stimo più il giudizio tuo che non quello di tutti gli altri presi in fascio. E voglio gagliardamente combattere, parola per parola, senza ripiegar d'un pollice.

Foscolo - Pessimo divisamento mi sembra il tuo, figliuolo. Pensa che tu devi attendere ad altre opere; e gli eruditi e i grammatici altra mèta non sogliono prefiggere alla lor vita che d'accapigliarsi in queste inutilissime gare. Onde tu sarai stanco quando quelli penseranno di non avere pur incominciata la zuffa.

Io - E dovrò dunque tacere, e tollerare in pace che si confondano miseramente le mie idee, e, strappata questa o quella dal suo contesto, e grottescamente camuffata, si trascini dinanzi alla gente per confutarla e vituperarla?

Foscolo - Non dartene pensiero. Fa' come feci io nella evenienza che ti dissi. «Io scrissi la risposta, ma la dignità dell'animo mio risorse, e non mi avvilii a pubblicarla». (II, 201). O ricorri all'altro espediente che escogitai quando ero più maturo d'anni e di esperienza. «Facevo puntualmente ristampare gli stessi articoli di giornali e gazzette, epigrammi, dissertazioni, censure morali e accuse politiche pubblicate a mio lume dai suddetti letterati miei concittadini e stranieri, e tutti maestri miei. Così ristampate senza alterare sillaba loro né aggiungervi sillaba mia, io le lasciava distribuire agli amici miei, a' noti e agl'ignoti; ed io usciva di ogni pensiero di quella faccenda». (IV, 77).

Io - Il conto mi tornerebbe poco. Mali tempi corrono, Poeta, e la carta e la stampa costano un occhio.

Foscolo - Odi allora un sogno ch'io feci quando più contro me infierivano i pedanti gabbati dalla mia Chioma di Berenice. La rupe di Mènnone, onde io avevo ragionato nelle chiose, m'apparve fra le tenebre, e mi disse: «Poeta, io mi levo sul deserto, sola, immobile, gelida nel basalto negro. Si abbattono su me stormi d'augelli, e non vi annidano: nugoli di germi, e non vi allignano: scrosci di piogge, e non mi corrodono. Le genti additano da lungi la mia aridità e la mia solitudine. Ma come il sole sorge, al suo raggio, al suo fuoco, le mie fibre segrete vibrano come le corde d'una lira, e da tutta la mia sostanza si effonde un'armonia purissima, come da un fiore il profumo. Poeta, la rupe risponde solamente al sole».